嘘つき

女だてら　麻布わけあり酒場8

風野真知雄

幻冬舎時代小説文庫

噓つき

女だてら　麻布わけあり酒場8

目次

女だてら　麻布わけあり酒場

主な登場人物

小鈴《こすず》　麻布一本松坂にある居酒屋〈小鈴〉の新米女将《おかみ》。十三歳で父、十四歳で母と生き別れた。母の志を継いで「逃がし屋」となる。

星川勢七郎《ほしかわせいしちろう》　隠居した元同心。源蔵・日之助とともにおこうの死後、店を再建する。

源蔵《げんぞう》　〈月照堂《げつしょうどう》〉として瓦版《かわらばん》を出していたが、命を狙われ休業中。星川の口利きで岡っ引きとなった。

日之助《ひのすけ》　蔵前の札差《ふださし》〈若松屋《わかまつや》〉を勘当された元若旦那。「紅蜘蛛《べにくも》小僧」と呼ばれる盗人《ぬすっと》の顔を隠し持つ。

大塩平八郎《おおしおへいはちろう》　幕府転覆を目指す集団の頭《かしら》。大坂で乱を起こしたが失敗した。

橋本喬二郎《はしもときょうじろう》　おこうの弟。現在は大塩を支えている。『巴里《パリ》物語』の原本を所有している。

鳥居耀蔵《とりいようぞう》　本丸付きの目付《めつけ》。幕府に逆らう思想を憎んでいる。林洋三郎《はやしようさぶろう》として〈小鈴〉に通う。

八幡信三郎《やはたしんさぶろう》　鳥居の甥《おい》。剣客《けんかく》で、以前大塩に瀕死《ひんし》の重傷を負わせた。

戸田吟斎《とだぎんさい》　小鈴の父。幕府批判の『巴里物語』を著した人物だが、鳥居に論破されて信念を翻《ひるがえ》し、鳥居の側近となる。自ら目を突き失明した。

おこう　小鈴の母。お上《かみ》に睨《にら》まれた人が逃げられるよう手助けしていた。居酒屋の女将として多くの人に慕われていたが付け火で落命。

第一章　そばとうどん

一

江戸南町奉行所は、数寄屋橋《すきやばし》御門を入ってすぐのところにある。

現代でいえば、JR有楽町駅の銀座口を外に出た、ちょうどその一帯が、かつての奉行所があったあたりである。

もう一つの北町奉行所は、同じお濠《ほり》沿いの呉服橋御門を入ったところ。二つの奉行所の間はわずか十一町（およそ一・二キロメートル）ほどしか離れていない。

南北の奉行所に権限の違いといったものはない。だが、なぜか南町奉行所のほうにばかり巷《ちまた》に名を知られた奉行が多く輩出された。

大岡越前守《おおおかえちぜんのかみ》しかり、根岸肥前守《ねぎしひぜんのかみ》しかり、遠山金四郎《とおやまきんしろう》は北町奉行を退いたあと、南町奉行に返り咲いた。在任期間こそ短かったが、人格者として知られた矢部駿河守《やべするがのかみ》も、幕末の風雲児となる小栗上野介《おぐりこうずけのすけ》もまた南町奉行だった。

　この第三十一代の南町奉行に就任したのが、鳥居耀蔵《とりいようぞう》――正しくは鳥居甲斐守忠耀《かいのかみただてる》――である。

　鳥居耀蔵はその苛烈《かれつ》な弾圧政策を憎んだ町人たちから、やがて通称である耀蔵の「耀」と甲斐守の「甲斐」をもじって「妖怪」と呼ばれるようになるが、とりあえず町奉行の座に就いた鳥居は、いま、喜びを嚙《か》みしめている。

　奉行所内を一通り案内されている途中、

「ふう」

　と、ため息をついた。

「満足のため息ですね」

　鳥居の後ろでそう言ったのは、懐刀《ふところがたな》の戸田吟斎《とだぎんさい》である。盲目――自ら目をつぶした――のため、奉行所の同心に手を引いてもらっている。

「吟斎。そなたには見えまいが、この前にお白洲《しらす》がある」

　鳥居はぐるりと見回した。石庭と呼べるほどの情緒は微塵《みじん》もない。冷たく白い空間が広がっている。

「ええ。敷きつめられた白い石の匂いが感じられます」

「これから、ここでいったいどれだけの罪人を裁くことになるであろうな」

そう言って、鳥居耀蔵は奉行の座に座ってみた。

四十六の男盛りである。

また、鳥居は偉丈夫でもある。堂々たる体軀《たいく》を持ち、彫りの深い顔立ちをしていた。深い学識を持ち、端整な漢詩をつくり、精緻《せいち》な絵を描いた。

いったいなにがこの男の性根をひねくれさせ、対立する者を激しく憎んで、陰謀で陥れるような生き方を選ばせているのだろうか――。

「どうです、よい座り心地ですか？」

吟斎は訊《き》いた。

「よいのう」

「それは、それは」

「男のいちばんの幸せは、自分の能力を存分に発揮できる仕事と地位を得ることであろう。わたしはついに、それを手中にしたのだ」

ようやくである。

思えば屈辱にまみれた前半生だった。

他人はそうは思わないかもしれないが、鳥居の気持ちとしては、自分の実力に見合った評価がなかなか得られずにいた。

しかし、ここが頂点ではない。あと一歩。町奉行と勘定奉行の兼任が望みである。それで、旗本としては最高位の出世だろうし、幕閣の一員としてもゆるぎない地位を得ることになる。

あとはいかに、この国を好みの色に染め上げていくことができるかである。儒教の精神に満ち、上から下まで規律に則《のっと》った整然たる世の中へ。

「おめでとうございます」

「そなたの知恵も大いに役立った。感謝しているぞ」

南町奉行矢部定謙《さだのり》を失脚させ、ちゃっかりその後釜に座った。人格者としても信頼された矢部だが、鳥居によって陥れられ、町奉行としてはわずか八カ月の在任だった。

この矢部失脚の理由はひどかった。過去における部下の不祥事を洗い出し、その責任を負いかぶせるという、まさにいちゃもんとしか言いようがないものだった。

　だが、矢部の存在をうとましく思っていた老中水野忠邦《ろうじゆうみずのただくに》が鳥居の餌《えさ》に食いついた。

この一連の筋書きをつくったのも、鳥居の懐刀となった小鈴《こすず》の父の吟斎だった。

「明日からさっそく裁きを始める」

　鳥居はいっしょについて回っていた与力《よりき》らに言った。

「明日からでございますか？」

　吟味方与力が驚いた。

「ああ、ぐずぐずしてはおられぬ。わたしは前任者とは違うぞ。これからどんどん江戸のそうじをしていくのじゃ」

　人に畏《おそ》れられたい。しかし、称賛は得たい。無視されることはなにより耐え難い。

　そんな男が三年後には失脚し、遥《はる》か丸亀藩に二十四年もの長きにわたって幽閉の身となり、世間からは「死んだはずだ」と忘れられるようになるとは、もちろんこのときは露ほども思っていない。

「ここの畳は新しくしてもらおうかな」

「ははっ」

「それと、この襖《ふすま》と、隣の控えの間の襖を替えておいてくれ」

「かしこまりました」

「そんなところかな」

鳥居は満足気にうなずいた。

それから、裁きの稽古《けいこ》でもするようにお白洲に向かって重々しい口調で言ってみた。

「これにて一件落着！」


小鈴と、芝居の台本を書く花垂孝蔵《はなたれこうぞう》が、そば屋の中にいた。店の前の一本松坂のほうではなく、暗闇坂を下りたところにある店である。

孝蔵から話があると言われて連れ出された。暗闇坂のほうに来たのは、星川《ほしかわ》たちの目を避けるつもりがあるのだろう。

まだお昼どきで、もちろん〈小鈴〉も開けていない。

「話って？」

「うん……」

孝蔵が口を開いてなにか言ったとき、ちょうど店の女将《おかみ》さんが外から店の中に入って来て、

「そば切りが十八、うどんが二十六」

と、大きな声で言った。

「あいよ」

調理場で店主が返事をした。

「ごめん。いま、なんて言ったか、聞こえなかった」

「引っ越そうと思うんだ」

孝蔵は、うつむいて言った。

いまは、一本松坂を下りた坂下町の長屋に、赤っぺという名の飼い犬といっしょに住んでいる。小鈴は泊まったことはないが、夜遅くに行き帰りしたこともある。

「どこに？」

「浅草の近くに」

「ふうん」

「あまり来られなくなるかもしれない」

「そりゃそうよ。浅草から一本松坂を上ってくる人はいないよ」

「常打ちの小屋をつくることになったんだ」

孝蔵は芝居をやっている。一座の頭《かしら》にもなっていて、七人ほどの役者——孝蔵が言うには仲間がいる。

仲間たちはほかに仕事をしながら、孝蔵の芝居に出ている。そのうちの何人かとは、小鈴も親しくなっていた。

「すごいね」

「それに中村座や市村座も、どうやら浅草のほうに移転させられるらしい」

「そうなの」

老中水野忠邦の行うご政道は庶民にも厳しいもので、その右腕として働いてきた鳥居耀蔵が、去年の暮れも押し迫ったころに南町奉行に就任した。まだ半月ほどしか経《た》っていないが、いよいよ改革に本腰を入れ始めたのだろう。

「締め付けは厳しくなるけど、江戸っ子が芝居を観なくなるわけはないし」

「そうだよね」

「…………」

孝蔵の言葉が途切れた。

そばができてきた。

小鈴はきつねそば、孝蔵はざるそばである。孝蔵は冬でも温かいそばは食べない。温かいそばは、孝蔵に言わせると、黒いうどんなのだそうだ。

「おれがおごるよ」

「いいよ。これから、お金かかるんだから」

「そんなこと言うなよ」

「変だなあ」

小鈴は調理場のほうをじいっと見て、首をかしげた。

「なにが？」

「さっき、ここの女将さんが、そば切りが十八、うどんが二十六って言ってたでしょ」

「ああ、なんか言ってたな」

「あのおやじさん、いっこうにつくるようすがないよ」

「あ、そうなの」

と、孝蔵は調理場のほうを見た。

「ここは打ち立てのそばが売り物だから、つくりおきなんかなさそうだし」

「………」

孝蔵はたいして興味もなさそうだったが、

「あ、もしかして」

と、小鈴を見た。

「なに？」

「川柳があるんだよ」

孝蔵は、自分でつくることはないが、川柳の本をたくさん読んでいる。芝居をつくるのにもずいぶん役立つらしい。

「どんな？」

「〈そば切りが二十うどんが二十七〉っていうんだ」

「そば切りが二十、うどんが二十七？」

「わかるかい？」

「川柳だよね？」

「そう」

区切りは悪いが、たしかに五七五にはなっている。

だったら、ただの注文じゃない。それには意味がある。

二十と二十七。足すと……。

「わかった。四十七士を詠《よ》んだんだ。そうか、討ち入りの前にうどん屋に集合したんだよね。そのときのようすか」

「さすがに勘がいいね。もしかしたら、それになにか引っかけたのかな」

「だけど、十八と二十六じゃ、足しても四十四にしかならないよ」

「ああ」

「でも、ここの夫婦は芝居好き。中村座の案内が貼ってあるし、調理場の壁には役者の千社札もいっぱい」

小鈴は店の中のあちこちを指差した。

店はわりと広い。畳敷きになっていて、二十畳ほど。お昼どきの混雑の波が去って、いまは五組ほどの客がいるくらいである。

「ほんとだ」

「その川柳のことも知ってて言ったんだよ」

「そうかな」

「なんだろう」

小鈴は腕組みして宙を睨《にら》んだ。

「そんなに気になる？」

「うん」

「おれ、つらい話をしたつもりだったんだけど」

孝蔵が申し訳なさそうに言った。

「わかってるよ」

だから、そういうことを考えているのだ。

二

今日、小鈴が孝蔵と会ったのはひさしぶりだった。

半月、いやひと月近く会ってなかったかもしれない。意外ではなかった。なんとなく、これからはこういうことが多くなるような気がしていた。

別れの予感。だが、まだ大丈夫だろうとは思っていた。

いちばん数多く会っていたのは、付き合い始めて三月《みつき》ほどしたあたりだろうか。そのころは三日にあげずに会った。なにを話しても、なにも話さなくても楽しかった。触れ合うたびに、肌の融《と》けるような思いがした。

――このまま、いっしょになるのかな。

と、思ったりした。

客からも訊かれたし、何人かは口に出して反対した。

「芝居なんかやるやつは、女たらしばかりだぜ」

と、源蔵《げんぞう》も言った。

それはどうかわからなかった。女にもてそうな感じはしないが、芝居の世界に憧《あこが》れる女は多い。まして孝蔵は才能に恵まれている。付き合う女には不自由しないのではないか。といって、次から次に手を出すということはしそうにない。

星川と日之助《ひのすけ》はなにも言わなかった。

星川はともかく、日之助がなにも言わないのは、すこし寂しい気がした。

付き合い出して一年ほどした去年の夏ごろ。

孝蔵がふと、

「お前の店、なんとなく変なところがあるよな」

と、言い出した。

「どこが?」

内心、どきりとした。

もしかしたら逃がし屋のことに気づいたのか。若い蘭学者《らんがくしゃ》と北斎《ほくさい》を逃がしたあとも、三人ほど、上方《かみがた》に逃げるのを手助けしてきた。そのうちの二人は、獄中にいる高野長英《たかのちょうえい》を通じて頼まれ、もう一人は柳亭種彦《りゅうていたねひこ》の知り合いということだった。

「わからないけど、あの三人に助けてもらってるというのも変だし」

「あの三人は、元同心に岡っ引きに元大店《おおだな》の若旦那で、皆、ちゃんとした人たちだよ」

「いや、そういう意味じゃなくて」

「ちっとも変じゃないよ」

「いや、変だって。ただの飲み屋じゃない気がする」

「そうかなあ」

「店、やめたらどうだ?」

「それは駄目。ぜったい駄目」

小鈴の剣幕に押されたように、孝蔵は口を閉ざした。もっと言いたいこともあったに違いない。

そんな話をしたあたりが、二人の曲がり角だったかもしれない。

好きだったのは間違いない。

助けてあげることもできる気がした。

それはたぶん、一生食えないと予想していたからだった。「芝居では食えない」と、皆があまりにもそう言うので、小鈴もそんなものだと思ってしまったのだ。

だが、孝蔵の芝居はどんどん人気を集め、小屋はいつも満員というようになった。

小鈴の助けなどなにも必要としなくなった。

しかも、作者として三座のうち二つから短いものを書いてみないかと声をかけられたという。

「もちろんやるよね」

と、小鈴は言った。

「やるに決まってるさ」

「自分の一座のほうは？」

「そっちもつづけるよ。おれの大事な仲間だ」

孝蔵は胸を張るように言った。

——あたしと芝居と、どっちが大事なの？

という言葉が思い浮かんだ。口にするつもりはない。浮かんだことさえ不思議である。それは芝居に決まっているのだ。


「まったく気に入らねえよな」

と、北町奉行の遠山金四郎は伝法《でんぽう》な口調で言った。

「なにか、ございましたか？」

若い遠山家の家来が訊いた。

「鳥居だよ。鳥居の糞《くそ》野郎だ」

「鳥居どのがなにか？」

「なにからなにまでさ。まったく、あんな野郎が南町奉行になるとは思ってもみなかったぜ」

南北の奉行はしょっちゅう顔を合わさなければならない。老中や若年寄など、幕府の重鎮が顔を並べる評定所《ひょうじょうしょ》における会議。月ごとに訴訟の受付が変わるので、南北奉行所での引き継ぎ事項の確認もある。下手《へた》すると、月のうちの半分は、遠山は鳥居と顔を突き合わせることになる。

「鳥居どのは、したたかですゆえ」

「矢部もわきが甘すぎたんだよ。しかも、いさぎよさなんか気取りやがって。何年も前の部下の失敗なんか知ったこっちゃねえだろうが」

「御意」

「よほど後ろめたいことがあったのかな」

「御前《ごぜん》もお気をつけなさらぬと」

「おれも後ろめたいことだらけだしな」

遠山がそう言うと、若い家来はちょっと慌てたような顔をして、

「いえ、そういう意味では」

「いや、じっさい、そうなんだ。後ろめたいことが多いやつほど、他人の後ろめたいことを探りたがる。鳥居もおれもやっていることはたいして変わりはねえ。人の弱みを掴《つか》む。それを匂わしたりしながら、自分の地位を高めていく」

「……………」

「ただ、鳥居は人をとことん追い詰める。おれは、あそこまではやらねえ。殴って、蹴《け》って、あとは逃がしてやる。どっちがずるいか、わからねえよ」

「ずるいのではなく、どっちが遠くまで見ることができるかでしょう」

「おめえ、嬉《うれ》しい世辞を言ってくれるじゃねえか」

遠山はそう言って、茶を飲み、ごろりと横になった。

「ま、ああいう野郎が南に入ったなら、おれは南とは反対のことをするさ。そうすりゃ町人はおれのほうに味方する」

「すでに、そうした声が上がっているようです」

「皆でいっしょになって町人を苛《いじ》めたってつまらねえだろうよ。おれは、面白いことが好きなんだよ」

遠山金四郎はそう言って、嬉しそうに笑った。

三

「ついに鳥居耀蔵が町奉行になった」

大塩平八郎《おおしおへいはちろう》は悔しそうに言った。

「残念です」

「もっとも恐れていたことです」

前にいた若い武士が口々に言った。小鈴の叔父である橋本喬二郎《はしもときょうじろう》もいる。

新堀川の上流にある下渋谷村。

ここに見つけた小さな家で、大塩は手習いの師匠をしながら暮らしている。

去年の四月に旧知の矢部駿河守が町奉行になったことで、大塩は過激な行動を控えることにした。開明的な施策が期待された。

だが、その矢部が鳥居の陰謀によって、暮れには早々に失脚してしまったのだ。

「たしかに弾圧は強まるだろう」

と、大塩はうなずいた。

「だが、むしろ、それは好機と取るべきではないか」

「好機ですか」

橋本は目を瞠《みは》った。いったい、この不撓不屈《ふとうふくつ》の心はどこから来るのだろう。

「歴史を顧みても、大きな変革の前にはかならずあのような保守の考えに凝り固まった男が現われ、新しい動きを誘発してくれるのだ。いま、われらが動けば、いろいろなところから同調する者が出てきてくれるだろう」

「そうかもしれませぬ」

橋本はほかの仲間ともうなずき合った。

「それでだ」

と、大塩はゆっくり江戸の絵図を広げた。

「やはり、江戸は火事に弱い。火事を起こし、城を焼き払えば、この世をひっくり返すことができる」

「火事で焼けても、ただ焼け野原になるだけでは?」

橋本が訊いた。

「そのあとで、民が蜂起《ほうき》する」

「しますか？」

橋本もそう信じたい。大塩に訊き、力強い返事を期待している。

「おかげ参りを使う」

「おかげ参りを？」

何十年かに一度の割合で流行《はや》るお伊勢参りである。

全国からいっせいに伊勢参拝をめざして人々が動き出す。これが始まると、幕府も止めようがない。

「動き出した頃合いを見計らって、世直しを叫ぶ。伊勢に向かおうとする力を、幕府へ向けるのだ」

「それはうまくいけば素晴らしいですな」

橋本喬二郎もうなずいた。

「富士講の連中にも協力してもらう」

「それはいい」

もともと富士講には、世直しへの憧れがある。

「机上《きじょう》の空論と思われるやもしれぬ。が、お上《かみ》に対する不満がある者がかならず加わってくる」

大塩は橋本たちを見回して、そう言った。

それは、大坂で起こした乱の際に、大塩さえ驚いたほどだった。当初、八十人ほどで始まった決起が、行進するうちたちまち膨れ上がり、七、八百人ほどの行軍になっていた。

「これは、城のくわしい図面だ」

と、大塩はもう一枚広げた。

「本丸や西の丸、北の丸などは焼き払い、吹上《ふきあげ》を取ろう。ここにわしらも民とともに入る」

「それで勝てると?」

別の若い武士が訊いた。

「勝てる。町人たちはぞくぞくと城に入ってくる。城を取ってしまえば、武士は右往左往を始める」

「そこでなにを求めるのです?」

「むろん、巴里《パリ》のような自治をめざしたい」

「できるでしょうか」

「できてもおかしくはない。旗本、御家人《ごけにん》がおよそ二万、その家来などを入れても十万はいない。一方、町人は百二十万。女子《おんなこ》どもをのぞいても七十万はいる。圧倒的に町人が多い。これに坊主や神主が加われば、言うことなしだが」

「他藩の武士は動かないと見るのですね」

「動くかもしれぬ。が、即座には動けまい。だが、こっちがぐずぐずしていれば、武士の勢力をまとめる動きが出てくる。それに先んじなければならぬ」

「どうします？」

「まず、揺らいだ幕府に、いくつか要求を通したい」

そう言って、大塩は紙に文字を記した。

清《しん》と英国の戦《いくさ》の公表。

洋学の解禁。

矢部駿河守の復権。

「矢部さまを」

橋本は驚いた。

「さよう。開明的な武士を早く味方につけることが蜂起を成功させる術《すべ》だと思っている。それには、矢部さまに幕府の代表になってもらう」

「ほう」

武士とむやみに戦うわけではない。

大塩はこのあたりも自分は成長したと思っていた。

「火付けはするが、無辜《むこ》の町人たちが火に巻かれるのは避けたい。城と武家地だけを焼くにはどこに火付けをすればいいのか。そこはていねいな検討を要する。詳しくはそなたたちが詰めてくれ」

大塩がそう言うと、若い武士たちは検討を始めた。

「橋本さん」

大塩は声をかけた。

「はい」

「高野長英と接したいな」

「長英さんと」

高野長英は小伝馬町《こでんまちよう》の牢《ろう》屋敷で永牢となっている。いつ出られるともわからない。

「いま、蘭学者たちは恐れをなしている。しかも、希望を失っている。だが、高野長英が外に出たとなれば、ふたたび希望の灯《ひ》がともる」

「たしかに」

「その意味でも、長英どのは外に出なければならない。その算段をしたい」

「算段ですか？」

「小伝馬町の牢も襲撃したい。巴里の動乱で監獄を襲って成功したように、小伝馬町にいる罪人のうち、長英どのに近い者を救いたい」

「わかりました。だが、大塩さまが長英さんと直接、お会いなさるには、小伝馬町の牢に出向いてもらわなければなりませぬが」

「わかった。もちろん、わたしはどこにでも出向くつもりさ」

大塩はますます意気軒昂《いきけんこう》である。

「なにも気にしなくていいよ」

と、小鈴は孝蔵に言った。

「気にしなくていいって？」

「捨てたとか思わなくていいってこと。あたしだって、男と付き合って別れるのは初めてじゃないしね」

「粋《いき》がるなよ」

「粋がってなんかいないよ」

ほんとに粋がってなどいない。悪ぶったりはしたくないし、もちろん清らかだと偽るつもりはない。過去にあったことは消しようがない。わざわざすべてを打ち明けるような不粋なことはしたくないが、嘘《うそ》をつきたくもない。

孝蔵は黙った。それから、

「おれなんかじゃな」

と、拗《す》ねてみせた。

じっさい、拗ねて生きてきたところもある。芝居をやるなんて人はそんな人が多い。

「そういうことは言って欲しくない」

あたしは、どうして欲しかったのだろう。どうなりたかったのだろう。

孝蔵に、浅草へ行くのをやめて欲しいのだろうか。そんなことをするようだったら、いつか孝蔵に落胆する日が来るに違いない。

「わかった」

と、小鈴は言った。

「なにが?」

「さっきの女将さんの言葉の意味」

「なんだよ。また、そっちか」

孝蔵は呆《あき》れた。

あたしの泣き顔を見たいのだろうか。男にはきっとそういう気持ちもどこかにある。人のいい孝蔵にも、たぶんそういうものは。

「あれは、歳《とし》なんだよ」

「歳?」

「ほら、向こうにやっぱり男と女の二人連れがいるでしょ」

窓際で向かい合っている男女を、ちらりと横目で見た。

「ああ」

「喧嘩《けんか》しているのじゃないけど、なんとなくぴりぴりした感じ」

「そうだな」

「男のほうは、月見そばを食べてるよ。女はおかめうどんだね。女のほうが年上に見えない？」

「女が年上というより、男が子どもっぽい感じかな」

「なんだか深刻そうな顔で相談ごとみたいにしてる」

「たしかに」

「二人は恋仲よ」

「そうとは限らない。姉と弟が、親の病気のことで相談してるのかもしれないだろ」

「ううん。孝蔵さん、あれが姉と弟に見えるの？」

「見えなくもないだろ」

「それじゃあ男女の機微は書けないよ」

「おい」

すこしムッとした。

「男が十八、女が二十六」

「さっき言ったのがそれか」

「うん」

小鈴は自信ありげにうなずいた。

「なんでそのことを符牒《ふちょう》みたいにして言わなくちゃならないんだよ」

「こそこそ言うと、気を悪くしちゃうのかな。そこは、なにか訳があるのかもね」

「歳を言ってどうなるんだ？」

「たぶん、ここのおやじさんは運勢を観《み》るのが得意なんだと思う」

「あのおやじさんがかい？」

おやじはでっぷり肥《ふと》って、そば屋のおやじより餅屋のほうが似合いそうである。運勢を観るという感じはあまりしない。

「下手したら駆け落ちだの、心中だのってことになるんじゃないかと、あの二人のまわりは皆、心配しているかもしれない。もし、うまくいきそうなら、どうにかしていっしょにさせてもいい。それで、あのおやじさんに観てもらった」

「へえ」

「人相だけで観る分にはうまくいきそう。でも、歳回りはどうか。二人がいくつなのか、女将さんに親のところまで行って訊いてきてもらえないかと、そういう話になったんじゃないかしら」

「それが当たっていたらたいしたもんだよ。おれより戯《げ》作《さく》をつくる才能があるかもしれねえ」

孝蔵はにやにや笑いながら言った。当たっていると思っていないのだ。

当の男女が立ち上がった。

若い男のほうが勘定を払い、

「おじさん、うちの親たちに余計なことを言わないでくれよ」

と、そば屋のおやじに言った。

「なんで？」

「うちの親は頓珍漢なばかりか、他人にすぐ助言を求めたりするのさ」

「あんたたちのためになることでも、言わなくていいのかい？」

「ああ。なんにも言わないでくれ」

「いい話なんだが……」

おやじがまだなにか言おうとしているのを遮るように、

「頼んだよ」

そう言って、出て行ってしまった。

四

二人を見送り、調理場にもどろうとした店のおやじに、小鈴は声をかけた。

「おじさん、あたしたちのこと、占ってみてもらえませんか？」

「え？」

「得意なんでしょ？　占い」

「誰かに聞いたのかい？」

「いいえ」

「じゃあ、どうしてわかったんだい？　初めてのお客だろ？」

「あそこにある箸立てみたいなやつ。箸立てじゃなくて、筮竹《ぜいちく》じゃないですか？」

調理場の棚を指差した。

「そう、当たり」

「それから、おじさんはここに黒子《ほくろ》がありますよね」

小鈴は自分の右の頬《ほお》に人差し指を当てた。

「これか」

「ええ。それって彫り物みたいに見えるんです」

「わかったかい？」

「もしかしたら、運勢を変えるためにしたのかなと」

これをやっている人は、〈小鈴〉のお客にもいたのだ。

「そうなんだよ」

「誰かに言われてやったならともかく、自分でやることにしたのだったら、運勢に詳しい人だなと」

「へえ」

おやじは目を丸くした。

「それから、さっき、女将さんが、そば切りを十八、うどんを二十六って言いましたよね。まるで忠臣蔵の川柳みたいですが、じつはあそこにいた二人の恋のなりゆきを占うためのものだったんじゃないかなって」

「もしかして、あんたも易者かなんかしてるの？」

「ううん。ただの飲み屋の女将」

そう言って、肩をすくめた。

「たいしたもんだよ」

「どうして女将さんは、わざわざ謎かけみたいにして言ったんですか？」

「あの二人、ぴりぴりしていたんだよ」

「はい。してましたね」

「おれはあの人たちの親から、二人の行く末を占うように言われていたんだけど、ちゃんと歳を聞いてなかった。それで親のところに訊きに行かせたんだけど、うちのやつが出ようとすると、女将さん、おれたちの親に密告しに行くんじゃないでしょうね、なんて言ってたのさ。それで、うちのやつが帰って来て、こそこそ話したら怒るかなあと思ってたんだけど、気をきかせてあんな言い方をしたんだな」

「あれなら、出前の注文みたいで、そばに寄らずにすみますからね」

「そう。なんせおれたち二人とも、芝居好きだからさ。でも、芝居の台詞《せりふ》を気取ったのかと思う人はいても、そこまで見破る人がいるとは驚いたねえ」

おやじはすっかり感心した。

「それでね、あたしたちも観てもらえないかなって思ったんです」

小鈴は自分と孝蔵とを指で差すようにした。

孝蔵は困った顔をしたがなにも言わない。

おやじは二人の顔を交互にじいっと見て、

「そりゃあかまわないけど、おれは易を商売にしてねえから、ほんとのことしか言わないぜ」

「もちろんです」

「ははあ、易を観るまでもねえが、いちおう引いてもらうか」

調理場から筮竹を持ってくると、二人に一本ずつ引かせた。

それから残りの束を揉《も》むようにして二つに分け、片方をわきに除《の》けるとまた二つに分けて……というのを数度、繰り返し、残った数本の筮竹と、小鈴たちが選んだものといっしょにじいっと見た。

「やっぱりな。悪いがおれはうまくいかねえと思うぜ」

「そうですか」

小鈴は笑顔でうなずいた。

「人相でもわかるが、二人とも気持ちが強いから譲り合うことができないんだな。あんまり諦《あきら》めの悪いことはしないで、早めに別れたほうがいいよ」

「はい」

小鈴が孝蔵を見ると、強張《こわば》ったような顔になっている。

「すまないな」

おやじは本当に申し訳なさそうに頭を下げた。

「いいえ。ところで、あの人たちはどうでした？」

「それがさ。皆が反対してるんだけど、占いではいいんだよ」

「へえ。幸せになれるんですか？」

「ああ。女のほうが八つも上なのに、ちゃんと仲良くやれて、商売も繁盛だと出てしまったのさ」

「伝えたら喜ぶでしょうね」

「だが、伝えねえよ。親にもないしょで観てくれと言われたし、あの倅《せがれ》もいい話だって聞きたくねえと言ったんだからな」

おやじはふてたように言った。

勘定はどうしても払うと言って、孝蔵が払った。

通りに出て、小鈴は頭を下げた。

「ごちそうさま」

「あんなもの」

いまの孝蔵には、ほんとにたいした金ではないのかもしれない。

「今日もこれから浅草?」

「ああ。小屋の下見があってね」

「じゃあ、たまには芝居を観に行かせてもらうかもしれない」

小鈴がそう言うと、孝蔵は苦笑いして、

「おれはただ、引っ越すってことを言いに来ただけだったんだけどね」

予想外といった顔をしている。

「うん。でも、こうなることは予想してたんでしょ」

「どうかなあ」

「占いでも、どうせ駄目だって」

「おれは占いなんて信じないぜ」

「あたしも」

あんなもの、当たるわけがない。顔のつくりで将来の幸不幸を決められてしまうなら、誰が女を磨くものか。頰に黒子を入れて変わる運命なんて、どれほどのものなのか。

信じていないのだが、つい、知りたくなる弱い心。

「だから、うっかり聞いちゃったときは外れたって思うの。でも、今日のやつはたまたま当たったのね」

おやじが言った。二人とも気持ちが強すぎる。それは占いでも運命でもない。性分が顔に出ているだけ。別れるのも、そういうことなのだ。

「いいのかい？」

「うん」

涙が出そうになる。大きく息をして、それをこらえる。

男と女と。どうして出会いと別れを繰り返さなければならないのだろう。

ときどき思う。十二、三のころにめぐり会い、初めての恋をして、それで結ばれて、いっしょに苦労して、同じころに死ぬことができたら、どんなに幸せだろうと。

「じゃあ」

「さよなら」

また会うことだってあるだろう。だが、付き合った男と女としては、これが別れ。孝蔵は正面の鳥居坂を上る。小鈴は暗闇坂を上って店にもどる。

振り返らずに歩いた。

途中、どうしても我慢できなくなって、一度だけ振り返った。

鳥居坂の上のほうに、孝蔵の後ろ姿が見えた。

次に会うときは、他人の顔は無理としても、しばらくぶりに会った遠い親戚くらいの顔ならできるだろう。

五

鳥居耀蔵は、奉行所から裏手の私邸にもどった。

腹心の者たちが集まるときは、もっぱら私邸のほうを使うことにしている。表の与力や同心たちというのは、代々奉行所に勤める家の者たちである。鳥居が育ててきたわけでもなければ、腹の底もわからない。ついこのあいだまでは、矢部駿河守の命に服してきたのだ。

八畳間の書斎に入り、閑談でもするように火鉢を囲んだ。

鍋が煮えている。

まぐろとネギの鍋で、煮えたら生卵を溶いたものにつけて食う。鳥居が以前〈小鈴〉で食べたものを家の使用人に教えておいたのである。

「食ってくれ。飲んでくれ」

「では、いただきましょう」

それぞれが茶碗に酒を注《つ》ぎ、小皿に鍋のものを取った。

鳥居も鍋に箸をつけながら、集まった者たちを見た。

小笠原貢蔵《おがさわらこうぞう》、渋川六蔵《しぶかわろくぞう》、金田《かねだ》故三郎《こさぶろう》、浜中三右衛門《はまなかさんえもん》、本庄小平次《ほんじょうこへいじ》。

いまはもう直接の配下ではない者もいるが、いずれも長年、鳥居の頼みでいろいろ動いてきてくれた。

そして、戸田吟斎と八幡《やはた》信三郎《しんさぶろう》。

「毎日、お疲れでございましょう」

蛮社《ばんしゃ》の獄《ごく》でいろいろ働いた小笠原貢蔵が鳥居をねぎらった。

「うむ。町奉行は仕事が多い」

と、鳥居は苦笑した。

じっさい、それは想像をはるかに上回った。お裁きばかりが強調されるが、町人たちの暮らし全体を統括しているのだ。日々、届けられる報告は膨大である。

だが、疲れたなどと言ってはいられない。

ようやっと得たこの地位を狙う者はいくらもいる。それらの出鼻をくじき、並びかける者の足を払わなければならないのだ。

それぞれの話を聞いた。

皆、鳥居が目をつけた者の探索をつづけている。だが、めぼしい者はいま、鳥居が直接探るようにしていた。

それは、生死の定かでない大塩平八郎、富士講の御師《おし》の大物である五合目の半次郎《はんじろう》、そして葛飾《かっしか》北斎らである。

一通り話を聞き終えると、解散することにした。

皆、酒の酔いに頰を染め、私邸のほうから直接、外へ出て行った。

あとに残ったのは、戸田吟斎と、いまはここに住むようになった甥《おい》の八幡信三郎の二人だけである。

若い甥は、この会合のあいだ、ずっと手持ち無沙汰《ぶさた》みたいな顔で茶を飲んでいた。じっさい、この数カ月は、多忙のあまり新しい命令を与える暇もなかったのである。

「叔父貴」

「わかっている。動きたいのだろう？」

「でなければ、なんのためにここへ来たのかわかりません」

「うむ。そなたには根っこを押さえてもらいたいのだ」

と、鳥居は甥に言った。

「根っこ？」

「根っこはこの戸田吟斎が書いた『巴里物語』なのだ」

名前を出されても、戸田吟斎の表情に変わりはない。

「吟斎の書は、多くの不届き者の心を揺さぶった。吟斎自身はすでにこの書の内容を悔い、誤りを認めているが、しかし、どんなかたちでふたたび出回るかわからない。残っているのはわずかだ。ただ、原本が見つかっていない。それを何としても捜し出してくれ」

「手がかりは？」

八幡信三郎が吟斎を見て訊いた。

「おそらく、これまでの話を聞くに、義弟の橋本喬二郎に渡っているのだろうな」

と、吟斎は言った。

「橋本とやらは、いまも大塩と行動をともにしていると？」

「それはわからぬ」

戸田吟斎が首を横に振ると、

「大塩が生きていればだがな」

と、鳥居が鍋の残りをすくいながら言った。

八幡信三郎は、自分が斬《き》りつけたのは間違いなく大塩平八郎だと信じている。しかも、あのあと、まったく足取りが途絶えていて、あの傷が元で死んだのだと思っている。

鳥居は半信半疑である。

いちばん大塩を恐れているのは、戸田吟斎である。もちろん、生きてひそんでいると信じていた。


橋本喬二郎の手配は早かった。大塩平八郎の依頼から五日後には、高野長英と会う手はずを整えていた。

以前、仲間が小伝馬町の牢にふた月ほど入ったとき、入牢している者との連絡については経験していたし、その仲間を通して牢役人ともなじみになっていた。

加えて、高野長英が独特の人間味と、医者としての知識のおかげで、牢内で顔役のような立場になっていたことも、融通を利かせるのに役立った。

むろん、正式な面会などはかなわない。

だが、牢屋敷には獄医が治療で出入りしたり、亡くなった者を外へ出すなどの用事を行うため、作男《さくおとこ》が出入りしたりする。知恵を絞れば、面会の手立てはあるのだ。

橋本は獄医と話をつけ、腕のいい助手として大塩を伴なわせることに成功した。

小伝馬町の牢はさすがに厳重だった。

高さ七尺八寸（およそ二・四メートル）にも及ぶ塀がまわりを取り巻き、塀の上には忍び返しまでほどこされていた。長英はここに入って、もう三年目になる。

東の大牢にいた。

「高野どの」

獄医が長英を呼んだ。

「なにかな」

長英は何十枚も重ねた畳の上にいた。

牢内では自治が行われ、長英は名主《なぬし》といういちばん偉い地位にあるとは聞いていた。

「わしの助手が高野どのの書かれた書物で学んだというので、ご挨拶《あいさつ》いたしたいと」

獄医はそう言って、隣の牢へ移って行った。

「わたしの書物で?」

牢内は昼といえども暗い。

格子の近くまでやって来た長英は、驚きに目を瞠った。

「なんと」

「おひさしぶりですな」

「大塩さまがわざわざ」

「とんだ目に遭いましたね」

「見通しが甘かったです。小鈴さんたちには逃げるようにずいぶん勧められたのですが、言い分が通ると思ってしまいました」

「鳥居が町奉行になったのはご存じですね」

「もちろんです。あの男のせいでここにいるようなものですから」

「近く火事を出します。江戸を火の海にします」

「火事を」

「大火の際には、この牢の罪人をいったん解き放つと聞いています」

「そうらしいです」

「できれば、火事に乗じ、民の蜂起まで目論《もくろ》んでいます」

「なんと。まさに巴里物語」

「ええ。そこまでうまくことが運べるかどうかはわからないが、そのときはぜひ、逃げてもらいたいのです」

「もちろんです」

「逃げながら、全国の蘭学者を鼓舞していただきたい」

「わかりました。今度はもっと遠慮のない『夢物語』を書きましょう」

二人はそっと、しかしがっちりと手を握り合った。

第二章　黒板塀の中で

一

常連というほどには通ってきていないが、月に二、三度くらい顔を出す客で、鶴《つる》吉《きち》という若者がいる。

ときどき木の香りをぷぅんとさせて入って来る。案の定、仕事は大工だった。髭《ひげ》が濃く、野太い声で話す。

来るようになってから最近まで、歳は三十五、六なのだろうと思っていた。

ただ、たまにいっしょに来る仕事仲間らしい男が、そっちはどう見ても二十二、三なのに、鶴吉に対して、やたらと態度が大きいのだ。

偉そうに、叱《しか》ったり、命令したりする。

――もしかしたら、あっちは棟梁《とうりょう》の倅かなんかで、頭が上がらないのかな。

と、小鈴は思っていた。

それで、最近になって、訊いてみたのである。

「ときどき、いっしょに来るので、やたらと偉そうな人がいるでしょ。あの人、棟梁の倅かなんか？」

「棟梁の倅？」

わけがわからないというような顔をした。

「違うの？」

「あの人は、以前、うちの弟子だったけど、いまは独立してるんだよ。ただ、うちが凄《すご》く忙しいときは手伝いに来てもらってるけどね」

「ふうん。うち？」

なんとなく話がしっくり来ない。

「うちって言うと、鶴吉さんのうち？」

「ああ。おやじが棟梁なんだよ」

棟梁の倅は鶴吉のほうだった。

「あの人、歳はいくつ？」

「若く見えるけど、二十六かな」

「あ、そう。けっこういってるんだね。じゃ、鶴吉さんは？」

「おいらは老けて見えるらしいけど、十八だよ」

　これには小鈴も驚いた。

「十八！　だから、二人で話していると、あの人が偉そうに感じたんだね」

「ああ。あの人はおいらがこんなちっちぇえころに弟子に入ってきて、ずっと遊んでもらったりして育ったから、兄貴みたいな感じなんだよ」

「なるほど、そういうわけだったの」

　納得したが、つらつら眺めても、鶴吉が十八には見えない。酒だって、あまりにもうまそうに飲む。だが、十八なら、五合とか飲ませるのはまずいかもしれない。

　その鶴吉が、今宵《こよい》はやけに心配そうな声で、

「おいら、悪事に加担しているかもしれねえんだよ」

　と、言った。

　今日は客も少ない。

源蔵はまだ来ていないし、星川は日々、怠らない剣の稽古に出ている。

「どんな悪事？」

「わからねえんだよ。わかってたら、町方にそっと訴えてるよ」

「でも、悩んでるんでしょ？」

「ああ」

「小鈴姉さんに相談してみな」

歳を知らなかったら、こんな台詞《せりふ》は言えない。

「どうしようかな」

「あたしは謎解きが得意だってこと、知らないでしょ？」

「知ってるよ。いつだったか、魚の漢字の謎をいくつか解いたのを、ここで聞いて感心したんだ」

「ああ、一昨年《おととし》のことだったよね。だったら、ほら、話してみな」

と、隣の樽《たる》に座った。

「坂を下りて馬場のほうに行くと、大きな瓦屋《かわらや》があるだろ？」

「あるね。たしか〈能登屋《のとや》〉さんといったはずよ」

瓦なんてふつう屋根の上にあって、下からはあまりじろじろ見ることはない。だが、この店の店頭にある瓦を見ると、いろいろ種類があるものだと感心した。同じ色に見えても、少しずつ色合いが違っているものがあったり、輝き具合もまるで違ったりしていた。

間口も大きく、瓦を積んだ荷車が出入りしたり、舟も出て行ったり、かなり繁盛しているのもわかる。

「そう。能登屋だ。あの裏に二十坪ほどの空き地があったんだけど、そこに小屋をつくってるんだよ」

「馬小屋とか、犬小屋？」

「そんなんじゃねえ。小さな家みたいなやつだよ」

「それがどんな悪事なの？」

「まず、最初に周囲をぐるっと黒板塀で囲んだのさ」

「ふうん」

「ふつうは塀なんかいちばん最後につくるもんだぜ」

「そうだよね」

そこらへんで家を建てているのを見ても、たしかに塀なんかあとでつくってい
る。

「ところが、そこは塀が最初。まるでこれからつくるものを見られたくないみたい
にな」

「塀は、どれくらいの高さ？」

「一間（およそ一・八メートル）以上あるよ。ちょうど、隣の能登屋の塀と同じ高さな
んだ」

「じゃあ、能登屋さんが敷地を広げたんじゃないの？」

「だったら、あいだの塀は取り除くだろうが」

「たしかに」

「注文主も、もちろん能登屋じゃない。どこか遠くから、ちょっと変わったような
男がやって来るんだ」

「変わってるって？」

「うまく言えないけど、まともな職人にはいねえようなやつだよ」

鶴吉が見るに、職人がこの世でいちばんまともな人間なのだろう。

「それじゃあよくわからないな」

「なんか変な頭巾《ずきん》みたいなものをかぶって、丈の短い袴《はかま》みたいなものを穿《は》いてるんだよ」

「刀は？」

「差してないね」

　武士ではないらしいが、どうもわからない。

　まずはその小屋というのをのぞいてみたいが、

「一間以上あったら、あたしなんか行ってものぞけないね」

「小鈴さんだけじゃねえ。外からまったく見えないんだ」

「それで、家は建て始めているんでしょ？」

「ああ」

「何人で？」

「基礎を組むときはほかに二人、手伝いが来てたけど、いまはおやじとおいらと二人だけでやってるよ」

「二人だけで、家がつくれるんだ？」

「まあな。それに家ったって、小屋に毛が生えた程度だからな」

「どうやって出入りしてるの？」

「戸をつくり、そこは帰るときには錠をしてるんだ。そうするように、注文主からきつく言われているんでね」

「ふむふむ。そういうところも厳重だね」

小鈴がうなずいたとき、店の戸が開いた。

懐かしい顔が現われた。

「ご免、鶴吉さん。次のときにゆっくり話を聞かせて」

鶴吉は残念そうな顔をした。


「林《はやし》さん」

鶴吉の話を途中にして、小鈴はひさしぶりに現われた林洋三郎《ようさぶろう》のところに近づいた。一年半ぶりくらいだろうか。

「無沙汰して申し訳ない」

「そんなことは」

「役目につかされたもので、忙しくてな」

「そうですか、よかったですね」

本心から言った。武士が無役というのはつらいものだというのは聞いたことがある。ここに来る武家の客もそんな話をしていた。「浪人よりはましでしょ」と言いたい気もあるが、当人でなければわからない気持ちなのだろう。

「そうだな」

林も嬉しいのだろう。照れ臭そうにした。

「どんなお役目なんですか？」

「うむ。まあ、細かい仕事さ」

「そうですか」

仕事の話はしたくないのだ。

「お九《きゅう》さんが会いたがってましたよ」

お九は林のことが凄く気に入っている。理想の男は、背が高くて、渋くて、男らしい人などとよく言っているが、もしかしたらそれは林のことではないかと思えることさえあった。

酒を注ぐと、うまそうに飲み、

「そうか。そんなことを言われると嬉しいね。皆、元気かい？」

目を細めて言った。

「ええ。だいたいは」

だが、具合を悪くしてあまり飲まなくなった人もいれば、おそらくほかの店に移った人もいる。水商売には独特の、人の流れとごっちゃになった時の流れがあるのだと思う。

「酒の味はいっしょだ」

「はい」

「小鈴さんはますますきれいになって、おこうさんに似てきた」

「ありがとうございます」

「絵を描いているとかいう大柄な年寄りがいただろ。あの人も来てるかい？」

と、遠くを見るようにして訊いた。

北斎のことである。林は何度かここで顔を合わせているのだ。

「いいえ、あの人はもともと遠くから来ていた人で、もうお見えになっていませんね」

「上方訛《なま》りのある武士もいたな。やたらと元気そうな」

「え？」

内心、どきっとした。

大塩平八郎のことだろうか。

林とはいっしょになっていないはずだが、もしかして北斎や御師の半次郎などが集まったとき、客で来ていたのか。記憶が混乱した。

「さあ、どんな人でしょうか」

首をかしげてしらばくれた。大塩のことは言えない。

「いや、わたしの勘違いかもしれない。この歳で急に忙しくなって、いろんなことが混乱しているのかもな」

「大丈夫ですよ、林さんなら。それに暇よりも忙しいほうがいいですし。それって水商売だけでしょうか？」

「いや、そんなことはない。小人閑居して不善をなすと言うではないか。暇だとろくなことはしないよ」

「林さんが小人だなんて」

深い学識がある。それは言葉の端々にあらわれる。

「いや、わたしは小人なのだ。だから、人と違ったことをする者を好まぬのだろうな」

自嘲するように言った。

一本目の酒がなくなった。

「もう一本つけましょうか？」

「悪いが今日は早々にもどらなければならぬ。また、来る。お九さんによろしく言っといてくれ」

林はそう言って立ち上がった。

小鈴は外まで見送った。

「じゃあな」

「お気をつけて」

半町（およそ五十五メートル）ほど先で提灯《ちょうちん》の明かりが三つほど揺れている。

林はここまで一人でやって来たのか。役についた旗本が一人で出歩いたりするものなのか。もしかしたら、ご家来でも待たせていたのかもしれない。

坂を下りていく林の後ろ姿は、やはりちょっと疲れているように見えた。

二

三日ほどして——。

「小鈴姉さん」

鶴吉が呼んだ。

その呼び方は、この前、小鈴が自分で言った。だが、そう鶴吉に言われると、いっきに十ほど歳を取ったような気がする。

「なあに」

「お酒とおでん。おでんは、つみれが四つに、大根と厚揚げとこんにゃくを一つずつお願いします」

「はい」

十八のくせに、おでんダネの選び方は渋い。

酒とおでんをいっしょに持って行くと、

「やっぱり、あの家は怪しいよ」

と、言った。

「どんなふうに？」

「土台はしっかりしたちゃんとしたやつをつくったんだよ。こんなふうに」

そう言って、皿のつみれを四つ、きちんと四角形をかたどるように並べ直した。

「ところが、上に建てたのは、家じゃないんだ」

「家じゃない？」

「見た目は、物置き小屋みたいに粗末な小屋なんだよ」

そう言いながら、四つのつみれの上に四角い厚揚げを置いた。

「どういうこと？」

「だから、小屋なんだろうな。それで、そこにはよほど重いものを運び込むことになるんじゃないかな」

「そんなに重いものでも大丈夫なの？」

「ああ。床だってしっかりしてるから、百貫でも二百貫でもびくともしねえよ」

今度は、厚揚げの上に丸い大根を置き、さらにその上に三角のこんにゃくをのせた。

「そんなしっかりした小屋ってある?」

小鈴は首をかしげた。

「だから見た目はと言っただろ」

「変ね」

「もっと変なのは、その家には玄関もない」

「どういうこと?」

「入るところがないのさ。九尺二間の長屋ですら、小さな玄関くらいはあるぜ。戸を開けると、土間になってる。ところが、それもない」

「どこから入るの?」

「それがいまのところ謎。壁を塗ってないから、おいらたちは適当に出入りしてるけどな」

鶴吉はそう言って、おでんの厚揚げを、横から突っつくようにした。

「屋根は板葺《いたぶ》き」

「粗末なんだ」

「隣が怒らないのかな。瓦屋の裏なんだから、瓦くらい葺けって」

「棟梁はなにも言ってないの？」

「棟梁はおいらのおやじだよ」

「そうだったね」

「なにも言ってない。だいたい、おやじは注文主に言われたままにやることがいちばんだと思ってるから」

「それはお客さんあっての商売だもの」

「でも、変な家だくらいは思うべきだよ」

「ねえ」

と、小鈴は鶴吉の前の皿を指差した。

「はい？」

「そのおでん、小屋を説明するために頼んだの？」

「あ、そんなつもりはなかったんだけど、ほんとだ、いつの間にか小屋のかたちになってるね」

鶴吉はそう言って、土台をいきなり崩し、つみれを口に入れた。

「ここのおでん、無茶苦茶おいしいよね」

「ありがとう」

「どうしてこんなにおいしいの？」

「いい出汁《だし》で、いっぱい煮込むからよ」

このおでんの出汁はほんとうにおいしくて、朝ごはんはこれにうどんを入れ、卵を一つ割って食べたりする。

あまりのおいしさに、冬の醍醐味《だいごみ》のように思ってしまう。

「でも、鶴吉さん。そんなに怪しいと思うなら、うちの親分に相談するといいよ」

「うん、ここでときどき見かける親分さんだよね」

「もうちょっとしたら来るはずだよ」

「今日はやめておくよ。でも、ぜったい怪しいと確信したら、親分に相談する」

ほんとうに怪しいのか、鶴吉の考えすぎなのか。

いまのところは小鈴もまったくわからない。

三

朝から陽《ひ》が差して、暖かい日になりそうだった。

——もしかしたら、蕗《ふき》の薹《とう》が顔を出しているかな。

新堀川の土手はいろんな草が生える。去年もあそこで蕗の薹や土筆《つくし》、菜の花、野びるなどを摘んだ。

まだ早い気もしたが、見に行ってみることにした。

新堀川の手前に、瓦屋の〈能登屋〉がある。

——鶴吉さんは来てるかな。

高い塀で中はわからないとは言っていたが、いちおう見ておいたほうがいい。

ゆっくりと裏のほうに行く。

なるほど四百坪くらいはありそうな大店《おおだな》の裏手に、付け足したみたいに黒板塀が回されていた。

人が動いている気配はあるが、のこぎりや金槌《かなづち》の音は聞こえない。大方のところは終わって、仕上げのような段階なのだろう。

やはり、外からはなにも見えない。屋根の頭すら見えない。

表通りに引き返した。その途中、能登屋の裏口がふいに開いて、中から女の子が出てきた。歳は十二、三くらいか。ないしょで出てきたような、こそこそした感じがある。

「ふう」

と、女の子はため息をついて歩き出した。

──能登屋の娘だろうか。

下働きの娘にしては、着物がきれいすぎる。

なんとなく気になって、あとをつけた。

一ノ橋はすぐのところである。橋の上に立ち、欄干に手をかけて川を眺めている。

しばらく舟の行き来をぼんやり眺めていたが、今度は川沿いの土手を上流のほうへ歩き出した。

一歩ずつ踏みしめるみたいな、ぎこちない歩き方である。

あまり歩き慣れていないのかもしれない。

「あっ」

声が聞こえ、女の子は立ち止まった。

下駄《げた》の鼻緒が切れたらしい。

「どうしたの？　あら」

小鈴は近づき、鼻緒をすげ替えてやった。

「いまどきの新堀川っていいよね」

「はい。上流のほうから、春が流れてくるのを待っているみたいな気持ちです」

「まあ、俳諧みたいな言い方ね」

「お姉さん、俳諧をやるんですか？」

「ううん。あたしのは川柳のほう」

母に倣《なら》って始めたのだ。数もたまってきたので、そろそろ付け句集にも出してみようと思っている。

「あ、もう蕗の薹が出てる」

娘が足元を指差した。

「どれどれ、あ、ほんとだ。じつはこれを摘みに来ていたんだよ」

そう言いながら、周りにあったのも入れて、六つほどたもとに入れた。

「おいしいんですか？」

「おいしいよ。天ぷらにして、お店で出そうと思って」

「お店？」

「そう。ここの一本松坂の上で、〈小鈴〉って飲み屋をやってるの」

「へえ。お姉さんが？　あたしも飲みに行きたい」

「え？　お酒だよ」

娘を見て、思わずそう言った。

「あたし、子どもに見られますが、これでも十八ですよ」

「あ、そう？　ごめんね、失礼なこと言っちゃって」

「ううん。いいんです。身体《からだ》が丈夫じゃないから、貧弱なんですよ」

「大丈夫。これから元気になればいいんだから」

おざなりの慰めに聞こえただろうか。

向こう岸で焚火《たきび》をしている。

「火事って怖いですよね」

娘は土手の縁のあたりにしゃがみ、膝《ひざ》を抱える恰好《かっこう》になって言った。

「うん、怖いね」

母も火事で死んだ。

この娘は、三年前に一本松坂の上で起きた火事のことは知っているだろうか。

「あたし、火事になったら駄目だなって思うんです」

「どうしてよ」

「身体が弱いから逃げるのも大変だし、煙なんか吸ったら、咳《せ》き込んで、すぐに動けなくなってしまいます」

「喉《のど》が弱いの？」

「ぜん息持ちなんです」

「ああ、あたしもそうだったよ」

「え、そうなんですか？」

嬉しそうな顔をした。

嘘ではない。父がいなくなる前あたりまでである。喉を絞められたような、あの苦しさはよく憶《おぼ》えている。

「治ったんですか?」

「治ったというよりは、ぜん息だったことを忘れたって感じかな。いろんなことが起きて、ぜん息を起こしている場合じゃなくなったんだね」

「あ、そうみたいです。ぜん息って、自分がぜん息だってことを忘れたほうがいいみたいですね」

娘は話相手に飢えているのだろう。小鈴を相手に、話が止まらなくなっていた。

四

さらに三日ほどして——。

小鈴が六人連れの客の世話で手一杯になっていると、いつの間にか鶴吉が源蔵と話をしていた。

例のことを相談してしまったらしく、

「そりゃあ、怪しいな」

と、源蔵も言った。

「怪しいですよね」

「ああ」

「ほらね、小鈴さん。源蔵さんも怪しいって」

鶴吉はこっちに話を向けてきた。

「あの後、またなにかあったの？」

「壁も塗って、畳も入れたけど、その畳が小さく区切られ、床下に通じるようになったんだよ」

「床下にねえ」

「それでいま、源蔵さんとも推測が一致したんだけど、あれは床下から穴を掘るためのものなんだよ」

「穴を掘ってどうするの？」

小鈴は笑いながら訊いた。

「それは隣の蔵の真下に通じるんだ」

「隣の蔵！」

小鈴は驚いた。

「小鈴ちゃん。こいつは大掛かりな蔵破りかもしれねえぜ」

　源蔵がわきからそう言った。

「そんな馬鹿な」

「いや、能登屋の蔵なら数千両は眠っているだろう。それくらいの大掛かりな蔵破りがあってもおかしくはねえ」

「そんなことできるものなんですか？」

「それで成功したって話もあるぜ。深川だの築地あたりは地盤が悪いから難しい。掘ってるほうが、生き埋めになっちまったりするからな。でも、麻布ってとこはけっこう地盤がしっかりしてるんだ。おれはやれると思う」

　源蔵は大真面目《まじめ》な顔で言った。

「地盤がねえ」

「穴を掘ると、土がいっぱい出る。あとで埋めもどすにしても、この土をしばらく置いておかなくちゃならねえ。高い塀はそれを隠すためのものなんじゃねえか」

「蔵って、下はただの土間なんですか？」

「いや、石が敷き詰めてあったりして、無防備ってことはねえ。だが、壁を壊すよりは楽だろうな。なんつったって、誰にも見られずにことが運べるんだから」

「もぐらみたいな泥棒ですね……」

思ってもみなかった話になってきた。

「ええ。それで盗んだ千両箱を、いったんその小屋に納めるんです。だから、小屋はあんなに丈夫につくったんですよ」

鶴吉はそう言った。

「ひさびさに大捕物かな」

源蔵は袖《そで》をまくるようにした。

「親分。おいらたちは罪に問われることはありませんよね？」

鶴吉は心配そうに訊いた。

「ああ。それは大丈夫だ」

「よかったあ。これでずっと心配していたことから解放されるよ」

鶴吉は心底、安心したように言った。

「ねえ、源蔵さんに鶴吉さん。悪いけど、それは違うと思うよ」

と、小鈴が笑いながら言った。

「違うって、なんのこと、小鈴さん？」

「蔵破りなんかあるわけないってこと」

「そんなことない。あれは、ぜったいに怪しいんだ」

「ああ、小鈴ちゃん。おれもいちおう調べたほうがいいと思うぜ。明日あたり、能登屋と話をしてくるよ」

「いや、それはやめてください。ぜったい大丈夫だから。あたしが責任を取りますから」

小鈴は嘆願した。

それでどうにか、あと三日、源蔵が調べに入るのを、待ってもらうことにした。


翌日──。

店で出した蕗の薹の天ぷらがあまりにも好評だったので、小鈴は麻布の裏手の原宿村のほうに足を延ばしてみた。新堀川沿いの蕗の薹は、昨日あたりまでで早くもすべて摘まれてしまったみたいである。

途中、幕府の御家人たちの家がたくさん並ぶ一角がある。その途中で、叔父の橋本喬二郎とばったり出くわした。

橋本は空を見上げ、雲の動きを確かめているみたいである。

「喬二郎叔父さん」

「えっ」

ぎょっとした顔をした。

「こんなところで、なに、なさってるんですか?」

「いや、なんでもない。それより、小鈴ちゃんは?」

「蕗の薹摘み」

「ああ、なるほど」

叔父はホッとしたように笑った。

「大塩さまはお元気ですか」

「ああ、元気だよ」

「いつでも上方《かみがた》に逃がして差し上げますって伝えてくださいよ」

「そりゃあ言えないな」

大塩は、おそらく鳥居が町奉行になったことで焦《あせ》っている。ここらでなにかしでかすつもりなのかもしれない。

当然、叔父も巻き込まれる。

なんとか、危ないことはやめてもらいたい。これ以上、血縁の者を失いたくない。

「ねえ、叔父さん」

「なんだい？」

「あたし、あれ、読みたいんですよ」

「あれ？」

「父が書いた『巴里物語』という本」

それはわずか二部が残っているだけである。一冊は母が持ち、もう一冊をこの叔父が持っていたらしい。だが、母の分もいまはこの叔父のもとにあるはずである。いまのところ不幸の種だけをまき散らしてきた書物だが、小鈴はその正体を、真実をちゃんと確かめたいと思っていた。

「あれは読まないほうがいい。だいいち、吟斎さん自身が、間違っているところも多いし、手直しが終わるまで、誰にも見せないでくれと言っているんだ」

「叔父さん。その本のせいで、あたしは父も母もいなくなり、とんでもない運命に翻弄されてきたんですよ。大本のそれを読むくらいしてもいいと思うのですが」

小鈴は怒ったように言った。

「たしかにその通りだな。わかった、今度、届けることにするよ」

「ぜったいですよ。お願いしますよ」

小鈴は深々と頭を下げた。

五

「小鈴さん」

「あ、お峰《みね》ちゃん、いらっしゃい」

能登屋のお嬢さんのお峰が〈小鈴〉にやって来た。じつは、来てくれるよう、伝えておいたのである。蔵破りだなんて、大げさな騒ぎになるのは避けられたけど、お峰の口から説明してもらおうと思ったのだ。

若い手代《てだい》が一人、付き添ってきているから、ないしょで来たのでもない。

「坂道、大丈夫だった？」

「はい、どうにか」

それほど息を切らしているわけではない。ぜん息の人のぜいぜいという音も聞こえない。たぶん坂道を上ったりするほうが、ぜん息のためにもいいはずなのだ。

「源蔵さん。能登屋のお峰ちゃんよ」

源蔵にも早めに店に来るよう頼んでおいた。

「おう。不思議な小屋の謎解きをしてくれるんだってな」

「あら、謎解きだなんて」

お峰は嬉しそうに笑った。

ちょうど鶴吉もいる。

「この鶴吉さんが、あれをつくったのよ」

「まあ。ありがとうございました」

「いや、あの」

鶴吉は、わけがわからず慌てふためいている。

「でも、鶴吉さんはずっと心配してたの。悪事に加担させられてるって」

「そうなんですか」

お峰は笑った。

「え、悪事はからんでなかったの？」

「ぜんぜん。ね、お峰ちゃん？」

「はい」

「なんだ、違ったのか。おれもてっきり、大捕物かと期待してたのに」

と、源蔵がほんとにがっかりしたような顔をした。

「でも、お父っつぁんに親分さんの考えを話したら、親分はそこまで考えるなんて凄いって感心してましたよ」

「はずれてちゃしょうがねえよ」

源蔵は苦笑した。

「じゃあ、あの小屋を建てさせたのは？」

と、鶴吉が訊いた。

「うちのお父っつぁんです。あたしに知られないよう、秘密でやったから、なんだか怪しいものみたいに思われちゃったんですね」

「そうなんだ」

「ごめんなさいね。いろいろ心配させちゃって」

「そんなのはかまいませんよ。じゃあ、あの小屋はなんなのです？」

鶴吉はすっかり訳がわからなくなったというような顔で訊いた。

「あのね、あれは茶室だったんだよ」

小鈴が源蔵と鶴吉を見て言った。

「茶室……」

源蔵が啞然《あぜん》とした。

「ね、お峰ちゃん」

「そうなんですよ」

「あの、ボロ小屋が？」

鶴吉は信じられないらしい。

「それは違うんです。わざとあんなふうに質素にしたんですよ。いわゆる侘《わ》び寂《さ》び
というやつで」

「なるほど、侘び寂びか」

源蔵はぴんときたようだが、

「侘び寂び？」

鶴吉のほうは、ますますわからないという顔をした。

「うちのお父っつぁんが、あたしが病弱なため、ろくに外にも行けないのはかわいそうだと、あの土地を買い取って、茶室を建てることにしたんです。裏にあれば、いつだってお客さんをお迎えして、茶会を開くこともできるでしょ」

「そりゃ、まあな」

源蔵はうなずいた。

「それで、びっくりして喜ぶ顔が見たくて、でき上がるまであんなふうに秘密にしていたんです。だから、大工さんたちにいろいろ頼んでいたのは、あたしのお茶のお師匠さんだったんです」

「あ、あの変な頭巾みたいなのをかぶって、短い袴を穿いた人が」

と、鶴吉は思い当たったらしい。

「鶴吉さんは怪しい人だと思ったみたいよ」

小鈴がそう言うと、

「いや、だって、おいら、お茶のお師匠さんなんて人とは会ったことないから」

鶴吉は焦って、手を振るようなしぐさをした。

「うん、大丈夫ですよ、気にしないで。うちのお師匠さん、話し方とか、なんとなく怪しい感じがするんですよ」

「それで、お峰ちゃん、茶室は見たのね？」

と、小鈴が訊いた。

「ええ、一昨日《おととい》、初めて見たんですよ」

「驚いた？」

「そりゃあ、もう。一昨日は、ずっと出ていた赤坂のお茶会の日で楽しみにしていたのですが、まだ冷え込みはきついし、遠出はやめたほうがいいと言われて、すっかり諦めていたんです。でも、朝、戸を開けて、庭を見たら、前の塀の一部がなくなっていて、その先に茶室があるじゃありませんか……」

お峰は嬉しそうに語り始めた。

翌日のお昼どき――。

「駄目だ、おいら。がっちんがっちんに緊張してるよ」

待ち合わせた一ノ橋のところで、開口一番、鶴吉が言った。

お峰の茶会に招待されたのだ。

小鈴と源蔵、鶴吉の三人である。

ほかに鶴吉の父親の棟梁も誘われたが、仕事で都合がつかなかった。

「こんななりでいいのかな。おやじの着物を借りてきたんだけど」

鶴吉は肩身が狭そうにして言った。

「大丈夫。ずいぶん身ぎれいにしてきたじゃないの。床屋にまで行ったのね」

月代《さかやき》がきれいに剃《そ》り上げられている。

「今朝、行ったんだよ」

「なにも気取らないで来てくれって、お峰ちゃんも言ってたでしょ」

「そんなこと言われても、なんせお茶会なんてものに出るのは、生まれて初めてだからね。ほら、あのおいらの兄貴分にも言ったんだよ」

「うん。若く見える人だね」

「そうしたら、そんなたいそうなものに誘われたなんて、おめえは惚《ほ》れられたかもしれないとか、真面目な顔で言うし」

「あらあら。そんな心配はいらないわよ」

小鈴が笑いながらそう言うと、源蔵がわきから、

「ばあか。図々しいこと考えるな」

と、ひどいことを言った。

三人揃《そろ》うと、能登屋を訪ねた。

能登屋のあるじにも挨拶して、店のわきから中庭を通って、茶室のほうに行った。

この前、店にお峰を送ってきた手代が案内してくれる。

茶室までの露地もできている。

庭のほうも、雑草が生い茂っているのだが、石灯籠《いしどうろう》や、数本の木のせいで、ちゃんと風情がにじみ出ていた。

「お庭もいい感じですね」

と、小鈴が言った。

「ええ。ただの草茫々《ぼうぼう》の空き地だったんですが、ちょっといじるだけでこんなふうになるものなんですね」

手代も感心したらしい。

「へえ」

と、鶴吉は目を瞠っている。

「なんだか、ずいぶん感じも違っちゃってるよ。ただの掘っ立て小屋みたいなものを建てたつもりだったんだけどなあ」

「うん。鶴吉さんの言うこともわかるね」

小鈴もうなずいた。

粗い土の壁。古い材木を使っているので、柱などもいかにも古めかしい。茶室だと言われず、庭も手入れされていなかったら、小屋と思うのも無理はない。

それでもなにか洗練された風情はあるのだが、新しい家こそ気持ちがいいという仕事しかしてこなかった鶴吉には、理解しにくいものだろう。

「でも、玄関はないんだね」

鶴吉が横のほうも見ながら言った。

「鶴吉さん。茶室って、そこが入り口なのよ」

と、小鈴は手代が開けたところを指差した。

畳半分ほどの出入り口で、這《は》い上がるようにしないと中に入れない。

「これが？」

玄関がないと言った気持ちもわかる。小鈴だって、茶室というのは正直、変なところだなと思ってしまう。

じっさい、肥っていて入れない人だっているのではないか。

「たしか、にじり口と言うんだよな」

と、源蔵が言い、最初にくぐって中に入った。小鈴、鶴吉とつづいた。

「いらっしゃいませ」

お峰が迎えてくれた。

「本日は、お招きいただきまして」

源蔵の声も緊張していて、小鈴は噴き出しそうになった。

「親分、そんなに硬くならないでくださいよ」

「いや、でも、茶室の礼儀てえのがありますでしょ」

「それは、茶道をする者同士のことでいいんですよ。なじみのない人に、無理やり礼儀を押しつけるなんて傲慢《ごうまん》ですよ」

「でも、あぐらはまずいでしょう？」

「かまいませんよ」

「じゃ、気持ちだけそういうことで」

と、源蔵は正座のままである。

たしかに、よその家に上がって、いきなりあぐらをかくのも、逆におかしい。

「鶴吉さん。これ」

お峰が湯釜の載ったところを指差した。

炉が切ってある。鶴吉と源蔵は、ここから隣の蔵の下まで穴を掘るのだと睨《にら》んだのだ。

「どう？　床下に穴はないでしょ」

と、お峰は笑った。

「ええ。まさか、囲炉裏にするとは思いませんでした」

鶴吉は頭をかき、部屋の中を感慨深げに見回した。

「大勢のお客さんが入るんだから、床はしっかりしてるわけよね」

と、小鈴が言った。

「そうなの。千両箱も入れられるくらいに」

「あっはっは。まいったなあ」

源蔵は愉快そうに笑った。

湯がわき、お峰がお茶を点《た》ててくれた。

たしか、順番に回したりするはずだが、お峰は茶碗も三つ用意してくれて、三人分を勧めてくれる。

「誰も作法を知らないよ、お峰ちゃん」

「なにも気になさらないで。ゆったりした気持ちで、お茶を楽しめばいいだけですから」

とろりとした抹茶をゆっくり飲む。苦みがあるが、すっきりしておいしい。

「ほんと。気楽に飲むと、おいしいね」

「お菓子も遠慮なく食べて」

「あ、これもおいしい」

お茶を飲んで、静かな部屋でゆったり過ごす時間。作法などにも慣れてしまったら、すごく気の休まることかもしれない。

「いやあ、抹茶てえのもおいしいもんだな」

「うん。お菓子もうまいし」

源蔵も鶴吉も満足げである。

「でも、お峰ちゃん。ここでお茶を楽しむのもいいけど、あたしはこの近所をもっと歩き回っても、身体のためにはいいんじゃないかって思うよ」

と、小鈴が言った。

「そうなんです。あたしも、ここんとこ川原を歩いたり、小鈴さんのお店に行ったりしましたよね。そうしたら、思ったより疲れていないって感じたんです。それで、今日の朝も馬場の周りを歩いてみたりしたんです」

「あら、そう」

「朝の馬場って気持ちいいんですよね。馬も気持ちよさそうに駆けていて。あんな近所にあるのに、いままでろくろく見たこともなかったんですよ」

「疲れてない？」

「大丈夫です。いままでが、身体を動かすことに臆病すぎた気がします」

「あたしもそう思うよ」

と、小鈴はうなずいた。

兄はいるが、娘はお峰だけらしい。さぞや大事に育てられたのだろう。

「お父っつぁんにもそのことを言ったら、あたしたちも心配しすぎて、かえってよくなかったかもしれないって」

「そうだね」

「ときどき、小鈴さんのところにお酒飲みに行かせてもらいます」

「ぜひ、来てちょうだい」

「意外に飲めるかもしれませんよ」

そう言って恥ずかしそうにした顔は、ちゃんと十八の爽《さわ》やかな色気が感じられた。

六

同じころ――。

鳥居耀蔵も茶を点てていた。

こうしたことは得意である。

が、どこかにそれと相反する気持ちもある。

たとえば、おこうとお茶を飲むことがあったとき、こんな格式張った茶が飲みたいだろうか。そこらの水茶屋に並んで腰をかけ、人の流れでも見ながら飲むほうがよほど身も心も休まるに違いない。

それは、麻布の〈小鈴〉に集まってくる連中も同じだろう。

鳥居は、あの店に集まる連中を好んでいる自分が不思議だった。

かわいらしい小鈴に酌をしてもらい、自分を好いていてくれるというお九と他愛もない話をし、職人たちの冗談に笑っていると、気が晴れたりするのは事実なのだ。

いっしょに飲んでいれば、自然にいろんな話も耳に入ってくる。なかにはお上《かみ》への文句や、ご政道批判のようなことまで言う者もいる。

それでも、格別、怒りを覚えたりはしない。むしろ、あの連中の立場になれば、そんなものだろうとさえ思えてしまう。

だが、奉行所なり屋敷に帰って、公人としての顔にもどれば、やはり考え方も違ってしまうのである。

「この先、騒乱の種になりそうなものは早めに刈り取っておきたい」

「はい」

戸田吟斎はうなずいた。

「大塩平八郎はどうだ?」

「わたしがいちばん恐れるのは、大塩平八郎です」

吟斎がそう言うと、後ろで鳥居の甥の八幡信三郎が不服そうな顔をした。自分が斬り殺したと思っているのだ。

「大塩とな」

生きているか、死んだのか、まだ確証がない。

甥っ子が斬ったのは、本当に大塩だったのか。

だが、あれで死んだのかもしれない。

「もし、生きていたなら二度目の蜂起を試みるでしょう。それが怖いのです」

「大塩ごとき、なにができる」

「いえ。やつは学んだはずです。すると、なにを仕掛けてくるか」

「わかった。いまや、わたしは町方を動かすことができるのだ。大塩を徹底して洗い出してやろう」

「ぜひ」

戸田吟斎は見えない目で、鳥居をじっと見つめた。

第三章　お奉行さま

一

この夜、〈小鈴〉には、いい話と悪い話が相次いでやって来た。

いい話のほうは、こうである。

「ねえ、あたし、婿を取ることにした」

と、お九が小声で言った。

嬉しそうである。お九は出もどりで、今年の正月には二十九になったのではないか。口ではもう諦めたようなことを言っているが、いろいろ男たちに粉をかけているのは見え見えである。

「え、凄いね」

急な話で小鈴も驚いた。ここ五日ほどは顔を見せなかったので、風邪でも引いたかと思っていたら、そのあいだに進展したらしい。

「うふふ」

「いつ、決まったの？」

「五日前」

「あ、やっぱり」

「いっしょになりたいって言うから、あたしは婿を取るから駄目って断わったのよ。でも、婿になるって言うんだもの」

ずいぶんなおのろけである。

「相手は、あたしが知ってる人？」

「知ってる」

「まさか、ここのお客さんじゃないよね」

「富三郎《とみさぶろう》」

勿体《もったい》ぶらずにさらりと言った。

「嘘ぉ？」

小鈴は驚いた。

去年の秋から顔を出すようになった客である。

何度か親しげに話しているのは見ていたが、まさかそこまで話が進むとは思わなかった。だいいち、ふだんお九が言っていた好みの男――背が高くて、渋くて、男らしい人――とは、まるで違ったふうの男である。

「意外？」

「意外だよ」

「あたしだって自分でも驚いてるよ。まさか、あいつを好きになるなんてね。それに、うちの養子に入るというのを承諾するとも思わなかったし」

「手代してるんでしょ。芝あたりの店で」

大きな呉服屋の手代だが、店にいることは少なく、大名屋敷のお得意さまをぐるぐる回って歩いているらしい。

「そう。でも、もう辞めちゃったよ」

「辞めた？」

「こうなったら、早くあたしのところの仕事を覚えたいって、三日前から釜たきをやってるよ」

「へえ」

釜たきは似合わなそうである。

どことなく頼りなげな感じがする。酒を飲んでいても、よくしゃべるわけではない。ただ、聞き役に徹している。

だが、そういう男が、いまのお九に合うのかもしれない。

「富三郎さん、いくつだった？」

「二十八」

一つ年下。男のほうからしたら、金《かね》のわらじを履いて探せというくらいである。

「祝言《しゅうげん》はあげるの？」

「内輪でだけね。あとはここで、あたしたちが奢《おご》って酒盛り」

「おう、凄い！」

小鈴が拍手をすると、わきにいた治作《じさく》たちが、

「なんだよ、なにかいいことあったのかよ？」

と、顔を向けてきた。

「言ってもいい？」

いちおうお九に訊いた。

「いいよ」

嬉しそうにうなずいた。

「お九さんが婿をもらうんだって！　しかも相手は、なんと富三郎！」

「嘘だろ」

「こりゃあ驚いた」

「だが、まあ、めでたいわな」

大騒ぎになった。

ここの常連は独り者が多いが、皆、縁遠い人が多く、なかなかおめでたい話は聞かれない。「だいたいが、飲み屋に通って無駄っ話に興じているようなやつは、男にせよ女にせよもてるわけがない」というのが、客同士で言いかわされる自嘲の言葉である。

ところが、その常連の中の親分格とも言えるお九にめでたい話が訪れたのだから、騒ぎになるのも当然と言えよう。

それから小鈴はさりげなく騒ぎの輪を離れ、入り口近くのほうに行った。

ご隠居が一人で飲んでいる。いつものにこやかさが消えているので気になった。案の定、こっちが悪い話だった。

「ご隠居さま、元気ないですね」

入って来たところを見たときも、小鈴はそう思った。だが、お九の相手をしていたので、すぐには声をかけられなかったのだ。

「ああ、ひさびさに打ちのめされたって感じだね。このまま死ぬまで穏やかな老後を、って思ってたけど甘かったね」

よほど悪いことがあったらしい。言いたくないこともあるだろうから、訊くかどうか迷ったが、

「どうなさったんですか?」

やっぱり訊いてしまった。

「芝に甥っ子がいるんだよ。兄貴の倅で、子どものときからかわいがっていたんだ。ここにも一、二度連れてきたことがあるだろう?」

「ああ、芝のほうで畳屋をしている人」

「そうそう。あれが人殺しの罪で裁きを受けるっていうんだよ」

と、ご隠居はさすがに声を低めた。

「人殺し？」

それはまた、ただごとではない。

「そんなことできる男じゃないんだがね」

「うん、そんな感じでしたよね」

飄々《ひょうひょう》としたご隠居とは正反対で、いかにもカタブツそうだった。酒を飲むにもまるで正座して飲んでいるみたいなのだ。

「なにがあったんですか？」

「わたしも詳しくは知らないんだが、揉めごとの相談をするのに隣の家にいたらしいんだ。隣の主人がなかなか二階から降りて来ないので、上がって行ったら、首を絞められて死んでいたらしいのさ」

「まあ」

「介抱しようとしていたところに、そこの女房や、いっしょに相談する者もやって来て、甥がやったってことになっちまったのさ」

「それだけで？」

「うん。甥にしかやれない状況だったし、ちょうど揉めてる最中だったそうでね」

「そうなんですか」

「わたしには信じられないいんだよ。自分の倅のようにかわいがってきた甥なので、なんとかしてやりたいんだが」

「………」

小鈴もなんとも言えない。

ちょうど剣の稽古から星川がもどって来た。

「星川さん。ご隠居さんに困ったことが起きたんですよ……」

小鈴がざっと話した。

「そりゃあ、もうちっと詳しく聞いてみねえとなんとも言えねえな。取り調べに当たったのは誰だい？」

「定町回り《じょうまちまわ》りの佐野《さの》さまだそうです」

と、ご隠居が答えた。

星川はもちろん知っているし、小鈴も面識はある。若いのに定町回りに抜擢《ばってき》されたくらいだからかなり優秀なのだろうが、頼りないのもかなりのものである。

「じゃあ、明日にでも佐野に訊いてみるよ」

ご隠居は〈小鈴〉のもっともいい客の一人である。できるだけ力になってやりたい。

星川の言葉に、ご隠居はようやく水から酒になったみたいに盃《さかずき》を傾けた。


翌日――。

星川は坂下町の番屋で源蔵といっしょに佐野章二郎《しょうじろう》が来るのを待った。

「星川さん、あっしが動きましょうか？」

「あんた、忙しいだろうよ」

「まあね」

いまや岡っ引きの源蔵は麻布の人たちから信頼され、いろいろ相談に乗っている。〈小鈴〉の陰の商売にとっても、源蔵が麻布に根付いてくれたほうが、細工がやりやすいのだ。

「それに浜松町で起きたことだ」

「ああ、あそこのね」

浜松町の地元の岡っ引きが、源蔵の腕をやっかんでいるらしく、佐野が板挟みになるのはわかっている。

同心というのは、地元の岡っ引きと折り合いが悪いと、いろいろ話が入ってこなくなってしまう。岡っ引きに睨みをきかせるには、佐野はまだ若い。そこらは抜擢組のつらいところでもある。

佐野が向こうからやって来た。

奉行所の小者《こもの》二人に、飯倉界隈《かいわい》の岡っ引きが二人付き添っている。岡っ引き二人はここで源蔵と交代し、源蔵は麻布のはずれまで行って、そこで白金の岡っ引きと交代する。

ふだんなら、

「なにもないかい？」

と訊き、番屋の町役人や番太郎が、

「なにもございません」

と答えれば、立ち寄りもせず通り過ぎる。なにかあることなど滅多にないし、小さなことなら番屋に出入りする者たちだけで解決してしまい、同心にはなにも伝えない。

　もちろん、今日は違った。

「よう」

　星川が出て行って、源蔵とともに歩き出した。

「星川さん。なにかありましたか？」

「二日前に、浜松町で毛抜き屋が殺されたんだってな」

「ああ、あの件ですか？」

「下手人《げしゅにん》だとされたのが、〈小鈴〉の常連の甥っ子でな。どうなっているのか訊いてくれと頼まれたのさ」

「星川さん。あれは動きませんぜ」

「なんでだ？」

「畳屋しかやれないんですから。しかも、毛抜き屋はわがままな野郎で、殺されてもしょうがないようなやつでしたしねえ」

　地元の岡っ引きも自信を持っているし、同心もそんなふうだと、もっと調べようということにはなかなかならない。臨時回りを動員するなどということも、このご時世ではないだろう。

「まずは現場を見せてくれよ」

「それは構いませんが、わたしはこれから白金、高輪、目黒と回りますので、浜松町にもどるのは夕方ですよ」

「うん、待ってるよ」

そういうことで約束した。

夕方、星川は早めに浜松町に行って、殺しのあった店を先に眺めた。

畳屋、毛抜き屋、反物屋が並んでいる。反物屋がいちばん間口が広く、五間（およそ九メートル）ほどあるだろう。毛抜き屋は二間（およそ三・六メートル）ほどしかなく、しかもかなり古びている。畳屋は三間半（およそ六・三メートル）ほどか。もっとも店屋というより、作業場のようなものなのだろう。

屋号があるのは反物屋だけで、〈越前屋《えちぜんや》〉と軒下に掲げてある。毛抜き屋は、〈毛抜き・鋏《はさみ》〉とぶら下げた看板に書いてあるだけである。畳屋は、見ればわかるとでも言いたいのか、看板もなにもない。

畳屋と毛抜き屋は店が閉められているが、反物屋は開いていた。二階から、ばたんばたんという機織《はた》りの音が聞こえている。どうやら、上で織った反物を、下で売っているらしい。

まもなくやって来た佐野が、三軒の店を眺めながら説明してくれた。

「殺されたのは、真ん中の毛抜き屋の竹蔵《たけぞう》って男です。こいつが、家を建て替えるというので、あいだの路地を自分の持ち分の半間分ずつつぶすと言い出したそうなんです」

「ははあ、あれか」

たしかに、幅一間ほどの路地が両側にある。両側で半間ずつつぶせば、間口は一間分広くなる。

「ところが、その路地は裏からやって来る客の通り道にもなっているし、植木鉢を並べるのにもいいし、つぶしては駄目だというので、両側の二軒は反対しました。畳屋の新次《しんじ》と、反物屋の田之吉《たのきち》です」

「畳屋の新次が、常連のご隠居の甥っ子だな」

「ええ。これがまた、変にカタブツでしてね」

「独り者かい？」

「そうなんです。表通りにちゃんとした店があって、弟子まで使っているんだから、嫁をもらえばいいものを、カタブツすぎて駄目みたいです」

「なんだ、そりゃ？」

「おれの嫁になるなら、せめてこれくらいのことは守ってもらいてえと、箇条書きにしたのがあるんですが、それがなんと百カ条ほどあるんです」

「百カ条！」

　読むだけでも嫌になりそうである。

「なあに、一つずつは別にたいしたことはないんです。ほかの男には色目を使うなだの、残った飯はわずかでも干《ほ》し飯《いい》にしておけだの、くだらないって言えばくだらないんですが、それを百も並べていると、女は恐れをなしましてね」

「そりゃそうだよ」

「新次さんのところは勘弁してくれと。しかも、新次は今度のことでも、こんな疑いをかけられたのも、わが身の不徳、あるいは天命であったかなどと、まるで武士みたいなことをぬかして、すっかり諦めているんです」

「そうだったかい」

たしかに面倒な事態である。

「それで、話をもどしますが、その日は三人で話し合いをしようと、竹蔵の店の前で仕事が終わるのを待っていたのです。店には竹蔵の女房がいて、友だちでもある女二人の客と話をしていました。二階では、まだ竹蔵が仕事をしている音も聞こえていたそうです」

「毛抜き屋の音か」

毛抜きなどは、地金を金槌で叩《たた》きながらつくっていく。その叩く音が聞こえていたのだろう。

「暮れ六つ（午後六時ごろ）の鐘が鳴りました。すると、いっしょに待っていた田之吉が、急に約束していたことを思い出し、すぐにもどると言っていなくなりました。さらに、おしゃべりをしていた竹蔵の女房も、亭主の晩酌のため、豆腐を買いに行ったのです。気がつくと、竹蔵が仕事をする音もやんでいて、新次は下から声をかけたんだそうです」

「なんと？」

「話し合いを忘れちゃいねえだろうって。返事はなかったそうです。それで、新次は何度かすっぽかされたりしているので、今日はなんとしても話をつけるぞと、階段を上がって部屋をのぞいたんだそうです。すると、竹蔵は部屋の真ん中で仰向《あおむ》けに倒れていたそうです。新次は具合でも悪くなったなら介抱しようと、竹蔵を抱き起こそうとしたのですが、首に紐《ひも》が巻かれているのに気づきました」

「そのときは間違いなく死んでいたのかい？」

「だと思いますが、なにか？」

佐野は不安げな顔になった。

「いや、わからねえ。だが、竹蔵はただ、死んだふりをしていたかもしれねえ」

「なんのためですか？」

佐野は愕然《がくぜん》としたような顔で訊いた。

「理由は考えていねえが、同心てえのはあらゆる場合を想定するもんだぜ」

「なるほど」

佐野は素直である。

「ま、そんなことはまずないだろうが、いちおう訊いたんだ。それでどうなった？」

「はい。そのあと女房がもどり、田之吉も来て、番屋に連絡に走るという騒ぎになりました。それで、番屋から来た岡っ引きの半助《はんすけ》というのがくわしく調べた結果、新次のほかに竹蔵を殺せる者はいないというので、しょっぴくことになったんです」

佐野はそこまで言い、毛抜き屋の戸を叩いて、出てきた女房に二階にあげてくれと頼んだ。

二

佐野と星川は二階に上がった。

陽当たりのいい二階が竹蔵の仕事場になっていて、ここでつくった毛抜きや鋏を下の店で売っているのだ。通りに面したほうと、左右の両側に窓がある。両隣の二階にも窓があるが、位置がずれているので、渡ったりするのは猿でもない限り無理だろう。

「田之吉は怪しくねえのかい？」

反物屋の窓を見ながら、星川は訊いた。

向こうの窓が採光のためか開いていて、中で数人の女たちが反物を織っているのが見えた。

「どうやってやるんですか。しかも、殺されたとき、田之吉は別の店にいたんですよ」

「それは」

「田之吉と、竹蔵のかみさんてえのは、怪しかったりはしねえのかい？」

「考えてもみなかったってかい？」

「すみません。わたしはどうもそっちのほうはわからないので。星川さん、当たってもらえませんか？」

「そんなわけにはいかねえだろうよ」

「いや、かまいませんよ。なんせ半助が新次の下手人説で凝り固まってますから、わたしも動きにくいんです。星川さんが調べたことを教えてもらえればありがたいくらいで」

「あ、そうかい」

　そこまで言うなら、こっちも大っぴらに嗅《か》ぎまわることができる。それにしても、

少なくとも星川が若いころは、引退した同心になにか言われたら、

——爺《じじ》いは引っ込んでろ。

と、思ったものだった。


「小鈴ちゃん」

夕方からいままで、浜松町の界隈で何人もの住人に訊き込みをしてきた星川が、小鈴を店の外に呼んだ。ご隠居はいなかったが、やはり客のいるところで殺しの話をするのはまずい。

「どうでした？」

出て来るとすぐ、小鈴は訊いた。

「ああ。おいらもざっと調べて、ご隠居の甥っ子の新次ってのは、下手人ではねえと思ったな」

「そうですか」

星川は、その日の状況をざっと語って、

「おいらは反物屋の田之吉のほうが断然怪しいと睨んだ。なんせ、その四半刻《しはんとき》（お

よそ三十分）ほど前に田之吉は竹蔵の部屋に上がってるんだからな」

「なんのために？」

「竹蔵がこの前も話し合いの前に逃げてしまったので、今日はぜったい逃げるなと念押ししたんだそうだ」

「そうだったんですか」

「女房はそれをしらばっくれていやがった。かまをかけて、見た者がいたんだと言うと、やっと白状した。あれはやっぱり、田之吉とできてるんだ」

「まあ」

「しかも、田之吉が暮れ六つの鐘のあと、いなくなった理由というのも、近くのろうそく屋の番頭と飲みに行く約束を延ばすというくだらねえことだった。そんなこと、どうでもいいこったぜ」

「それじゃあ、竹蔵が生きていたという証拠は、二階で立てていた音だけじゃないですか」

「そういうことなんだよ」

「でも、聞いていたのは、おかみさんと新次さんだけじゃなく、おかみさんの友だちの二人も聞いているんですよね」

「ああ」

とすれば、音がしていたことには間違いないだろう。

「カンカンと、鉄を打つだけの音ですよね」

「ああ」

かんたんな音である。

「なんか細工ができそうですね」

「だろ。それで、おいらは一つ考えた」

「なんです？」

「笑わないでくれよ」

「笑いませんよ」

「鉦《かね》を叩く稽古をさせた猿を入れたんじゃねえかと」

星川が照れたような顔で言った。

「猿が！」

小鈴は思わず噴いた。

「真面目に考えたんだぜ」

「わかります。でも、面白いですね」

「下から人が来たら、上の屋根に逃げるんだ」

「まあ」

「しばらくは屋根に待機させておいて、ほとぼりが冷めたら引き取るのさ」

「なるほど」

小鈴はうなずきながら笑った。

「おいらもこれは凄いと思ったんだが、ただ、田之吉は猿なんか飼ってないんだそうだ。近所でも誰も猿なんか見たことねえし、猿回しがうろうろしてたなんて話もねえ。おいらの謎解きもこれでぱぁだよ」

「それは残念でした。でも、なにか仕掛けがあるんでしょうね」

「そうなのさ」

「たぶん道具を細工したんですね」

「どんなものだい？」

「隣から、竹蔵さんの部屋にある金槌で、金床《かなとこ》の上の鉄を叩かせるってのはどうです？」

「なるほどな。ただ、隣を見たんだが、田之吉のところの仕事部屋には、織物をつくる道具を動かす娘たちがいるし、女房もいたりするんだ。それが皆、田之吉の味方をしてるってのはどうも考えにくいねえ」

「そうですか」

小鈴は首をひねった。

「もしかしたら、その機織り機を使うって手もあるかもしれませんよ」

「機織り機を？」

「織っているところを見てみたいですね」

「ううむ。入れてくれねえし、怪しんでると悟られたら、すっかり証拠も消しちまうだろうし、弱ったな」

星川は頭を抱えた。

いつもよりだいぶ遅くなってから、お九がやって来た。幸せそうな顔をしている。入って来て、一通り客を見回す視線もずいぶん柔らかなものになっている。

「富三郎さんは？」

と、小鈴は訊いた。

「うん。家に帰ったよ。〈小鈴〉で一杯飲んでからにすればと言ったんだけど、疲れたので早く寝たいって。働き者なんだけど、たっぷり寝ないと駄目みたいね」

「それは残念だったわね」

「ううん。あたしにもあんまり飲むなって言ってくれた」

「おや、まあ」

「酒飲むときは、滋養のある肴《さかな》を食べながらにしろって。小鈴ちゃん、なんかいい肴はある？」

「ときどき来るお医者さんは、豆腐がいいって、豆腐ばっかり食べてるけどね」

「じゃあ、やっこと、なんだっけ、あの丸くして油で揚げたやつ。それをちょうだい」

小鈴は頼まれた肴をお九の前に置くと、

「富三郎さん、そんなことまで言ってくれるの？」

「そう。やさしいよ。やっぱり、ずっといっしょに暮らすなら、やさしい男がいちばんだよ」

「ごちそうさま。それでいつ、お婿さんに来るの？」

「もうちょっと先。なんだかくだらないんだけど、三月三日にしたいんだって。昔からひな祭りに夫婦《めおと》になるという、夢というか予感みたいなものがあったんだってさ」

「へえ」

「でも、そろそろ花嫁衣装もつくっておこうと思ってるの」

「花嫁衣装つくるんだ？」

お九は二度目である。

だから花嫁衣装は悪いと言うつもりはないが、めずらしいのではないか。

「花嫁衣装と言っても、白無垢《しろむく》とかじゃないよ。いかにも新妻らしい着物を新調したいなと思ってね」

「それはいいね」

なんといってもお九はお金持ちである。以前、別れた大店《おおだな》の若旦那からお詫《わ》びにと千両という大金をもらっている。

「おい、お九さん。ちょっと待った」

星川が口をはさんだ。

「なに、元八丁堀の旦那？」

「その着物をつくるのに、浜松町にある反物屋に行ってみねえか」

星川がそう言うと、

「あ、二階に上がる口実ね」

小鈴がすぐに察して、お九に訳を話した。

「お九さんに付き添って、星川さんは父親で、あたしは妹の役ってのはどう？」

「面白いね」

と、お九も気分が高揚したらしく、

「婿をもらっちゃったら、そういう面白いこともできなくなるんだから、いろいろやっておかないとね」

三

翌日の昼過ぎ――。

姉妹になったお九と小鈴、それにどう見ても町人の娘である二人に合わせ、刀は差さずに着流しの羽織という恰好の星川が、浜松町の反物屋〈越前屋〉に現われた。

お九は捕物の手伝いのうえに、自分の買いものまでするというので、すっかり浮き浮きしている。

「この店、聞いたらけっこう評判いいみたいよ」

「捕物の手伝いだからって、代金は出せないぜ」

星川がそう言うと、

「わかってますよ、そんなことは」

金持ちらしく、鷹揚《おうよう》に微笑《ほほえ》んだ。

お九は気に入った反物を二本買い、さらに買い足してもいいような口ぶりで、

「二階の仕事場も見てみたい」

と言うと、

「もちろん、ご覧になってください」

田之吉はすぐに上へと案内した。

すると、隣で品物選びをしていた母娘づれまで、

「あたしたちも」

と言い出し、二階はたちまち大にぎわいとなった。

お九が田之吉に反物のことを訊いているあいだ、星川と小鈴は機織り機のあたりをじろじろと眺めまわした。

だが、ごちゃごちゃと荷物があったりして、これぞというものは見当たらない。

怪しいのはやはり、毛抜き屋側の窓の近くに置かれた機織り機である。

それで機織りをしていた娘に、小鈴はそっと訊いた。

「このあいだ、隣で人殺しがあったでしょ」

「うん、あったよね。驚いたよ」

「そのときも、ここで仕事してた?」

「してたよ。暮れ六つの鐘が鳴る前だったから、遅れを取りもどそうと一生懸命だったよ」

「そのとき、この道具の調子がおかしくなったとかいうことはなかった?」

「調子が?」

「うん」

「そう言えば、あのときちょっと重く感じたかな」

「重く？」

「うん。足を踏んだりするときにね」

「へえ」

小鈴がしらばくれて後ろのほうまで見ようとすると、

「おいおい、そっちのほうは触らないで」

と、田之吉が言った。どうも、このあたりを警戒しているふうである。

「あら、こっちで織っているのは、またちょっと違うのね」

お九が寄って来た。

そのとき、さっきいっしょに上がってきた母娘づれが、

「富三郎さんったら、変なところがあるの」

「あら、そうなの」

などと話し始めた。

「富三郎？」

その名前に、お九だけでなく、小鈴まで母娘づれに目をやった。

「三月三日の祝言は、昔から憧れていたんだって。ひな祭りの祝言が夢だなんて、ちょっと変わってるわよ、あの人」

娘のほうが、嬉しそうに言った。

それは、まさにお九の言われた台詞ではないか。

お九の顔が真っ青になっていた。

「それって、呉服屋の手代だった富三郎の話？」

いきなり知らない娘に詰め寄った。

「そうだけど」

「この眉の付け根のところに黒子《ほくろ》があって、ご飯食べる前に、いつもお祖師さまにお祈りする富三郎？」

「ええ。誰、あなた？」

娘の問いを無視して、お九はさらに訊いた。

「祝言て、あなたとするの？」

「そうよ」

娘は文句あるのかというように胸を張った。

「あいつ、騙《だま》したんだ。くぅう」

そう言うと、お九はのけぞるように後ろへひっくり返った。

「お九さん、しっかりしろ」

星川が介抱する。

「おい、水を持って来い」

「なあに、どうしたの、この人？」

「わかんない。急に怒り出して気を失ったの」

「狐《きつね》でも憑《つ》いたのかしら」

大騒ぎになった。

そのとき、小鈴は機織り機の後ろにあった箱に目をやった。

一尺（およそ三十センチメートル）四方くらいの木箱だが、周りを綿でも入れたような布で包まれている。すばやく紐をほどき、中を見た。

金槌と金床、それと鉄の棒が入っている。その金槌は外側で動く棒と連動して、金床の上の鉄の棒を叩く仕掛けになっているらしかった。

「星川さん！」

「これか」

二人が箱を見ているのに気づいた田之吉が怒鳴った。

「なんだよ、てめえらは」

「やかましい。おいらは、元定町回り同心の星川勢七郎《せいしちろう》ってんだ。申し開きは向こうの番屋で聞かせてもらうぜ」

星川がぴしゃりと言った。

四

「よかったね」

ご隠居の甥の新次が、〈小鈴〉の店の中で深々と頭を下げていた。

「ほんとに皆さんのおかげです。ありがとうございました」

「ほら、謎を解いた小鈴ちゃんに礼を言いなよ」

ご隠居が背中を叩くと、新次は小鈴に向かってまた深々と頭を下げた。月代をつるつるに剃って、いかにも几帳面そうである。なにせ、嫁の話があると、百カ条の条件をつきつけるという。星川が昨夜、その話をここですると、お九などは、

「そりゃあ、一生、独り身だね」

と、辛辣《しんらつ》なことを言った。

「あたしより、あのお九さんのお手柄よ」

小鈴はお九を指差した。

「あら、あたしなんて」

お九はなんとなく複雑な顔で新次に笑いかけた。越前屋の二階で、怒りのあまりに気を失ったお九だったが、やっぱり騙された娘と怒りを共有し合って、どうにか平静を取り戻したのだった。

あの箱の仕掛けを、定町回り同心の佐野章二郎がお裁きの場に持ち込んだ。機織り機までは無理だったが、箱と竹筒を使って、音を再現してみせたという。

機織り機の踏み板を動かすと、細い棒が力を伝え、箱の中の金槌を動かす。金槌は金床の上に置かれた鉄棒を打つ。

この音は節を抜かれた竹の中を通って、隣の竹蔵の二階に伝わり、その音を下に

いた連中が聞いていたのだった。

一つだけ難しかったのは、その竹筒をどうしたかを明らかにすることだった。

星川がもう一度、竹蔵の部屋を調べると、なんと竹筒はまだ竹蔵の家のほうに置いてあったのである。

つまり、田之吉は上がりこむと、動転した新次たちのわきで、なに食わぬ顔で隣の箱から竹筒を取り出し、さも洗濯用の物干し竿《ざお》のように、軒先に下げておいたのだった。

「よくぞ、奇妙な謎を解いてくださいました」

ご隠居が星川と小鈴に言った。

「もう礼は終わりよ。それより、嫌なことは忘れて一杯いきましょうよ」

小鈴が新次に酒を注いだ。

「ありがとうございます」

と、新次はくいっと一杯飲み干した。

「めでたいことかと思ったら、とんでもなくがっかりの話で、嫌な話がめでたい話に変わったってわけね」

わきでお九が情けなさそうに言った。

「まあ、なんと言ってなぐさめたらいいかわからねえが、こうやって飲みに出て来てくれるのはありがてえよ。これでお九さんが家に閉じこもったりした日にゃ、おいらたちも慰めようがねえもの」

星川はお九の肩を叩いてそう言った。

「でしょ。あたしもそう思ったから、こうやって出て来てるの」

「しかし、富三郎はたいしたタマだね。そんなふうに見えねえところがまた、凄腕なんだろうな」

と、源蔵が言った。いま、富三郎の手口を洗い直しているのだ。

「あいつ、そんなに騙してるのかい？」

と、ご隠居が訊いた。

「いまのところ、芝から麻布、高輪界隈で八人」

「八人！」

お九が顔を歪《ゆが》めた。

「まだ出てきそうだ」

「そうなの」

「もっぱら大店で養子を探している娘を狙っている」

「うちなんか大店じゃないのにね」

「お九には言いにくいが、一度しくじった女が引っかかりやすいみたいだな」

「だろうね」

「ぱっと見にはそれほどいい男でもないが、よく見ると憎めない顔をしてるだろ」

「そう」

「お洒落《しゃれ》だし、身ぎれいだしな」

「それが女には大事なんだな」

と、星川がわきから言った。

「それで、女の話をじっくり聞いてあげる。その相槌《あいづち》の打ち方とかもうまいらしいな」

源蔵が憎らしそうに言った。

「そうなんだよね」

「愛宕山《あたごやま》の権現《ごんげん》さまにお参りに行ったら、こんな札が出たと見せるらしい。それには、養子口があれば飛びつけとか、一つ上の相手は大事にすべしとか、ぴったりのことが書いてあるらしい。もちろん勝手につくったやつなんだがな」

「そうだった」

「ま、仇《かたき》は討ってやるぜ、お九」

源蔵がそう言うと、お九はそっとたもとを目に当てた。

新次は、ほかの客に牢屋の感想などを訊かれていた。

「ふだんはたいしたところじゃねえと思いますが、牢に入っていると、外くらいいいところはありませんね」

「そりゃそうだ」

「何日いたんだっけ？」

「大番屋に二晩と、奉行所の牢に一晩でした」

「ま、いい体験をしたと思わねえとな」

「そういえば、おかしなことがありましたよ」

新次がふと、小鈴を見た。

「なに、おかしなことって？」

「あっしはお裁きの場に出されましたでしょ。まあ、お裁き自体は淡々と進み、あっしはとくに問い質《ただ》されることもなく終わったのですが、上《かみ》に座っていた新しいお奉行さま」

「ああ、それは鳥居甲斐守ってお人よ」

「その鳥居さまは、あっしもここでごいっしょしたお武家さまの、お名前をなんといったか、ほら、身体がどっしりして、彫りの深い顔立ちの」

「え、誰？　林さん？」

「そうそう、その林さまだったんですよ」

「……………」

小鈴は、そっと星川たちを見た。

星川だけでなく、源蔵も日之助も唖然として声もない。

「そりゃあ、人間違いだろう」

と、ご隠居がわきから言った。

「間違いじゃありません。あっしも最初は、あれ？　って思って、じいっと見たんでさあ。お奉行はあっしの顔など覚えていなかったみたいですが、あっしは覚えてました。ぜったい、あの方ですって」

　新次は自信たっぷりに言った。

五

　客が皆、帰ってしまうと、〈小鈴〉の中は異様な雰囲気が立ちこめた。

「新次さんが言ってた話」

　小鈴が切り出した。

「ああ」

　星川がうなずいた。

「ほんとだとしたら」

「まずいよな」

「でも、ありうることかもしれませんよ」

　小鈴が言った。

「そうか？」

「いつだったか、誰かがお城の中で会ったことがあると言ってました」

「城の中でな」

「この前、ちらりと顔を見せたとき、お役目についたって言ってたけど、それが町奉行のことだったのかしら」

「そうなのか」

「あたし、信じられない。林さんが鳥居耀蔵だったなんて」

小鈴は両手で顔を押さえ、背を丸めた。

「いや、まずは人違いじゃないか、たしかめるべきだろう」

と、源蔵が言った。

「いままで林さんはここで誰かと鉢合わせしてましたっけ？」

日之助がそう言ったので、

「ええと」

小鈴は思い出そうとした。

「大塩さまとはぜったい会ってないよね」

「ああ、大塩さんが来るときはこっちも警戒していたからな」

源蔵がうなずいた。

「北斎さんとは会ってるよ。北斎さんも見覚えがあると言ってた気がする」

「おこうさんが深川でやってたときからの客なんだろう？」

「そう。深川時代からつづけて来ているのは林さんと北斎さんだけだよ」

「もしかして、林さんが本当に鳥居だったら、ここをずっと見張ってたってことだろう」

源蔵がそう言うと、

「そうだろうな」

星川が眉間《みけん》の皺《しわ》を深くした。

「とにかく、明日からわたしは奉行所の前に張りついてみます」

日之助が言った。

「それはおれがやるぜ」

「いや、源蔵さんのほうが、奉行所の人たちに顔を知られてます。それは、わたしに」

日之助は、奉行所に忍び込むつもりになっていた。

その晩のうち、日之助が動いた。

日之助は南町奉行所に直接入り込むのではなく、いったん隣の蜂須賀《はちすか》家の上屋敷に潜入し、そこから奉行所の裏手に回ることにした。

ひさしぶりのこの手の仕事である。紺の着物の下に、股引《ももひき》を穿いた。真っ黒い着物ではかえって怪しまれる。

少し緊張はある。だが、それはいつものことなのだ。だからこそ、一時は頻繁に危険な侵入を繰り返した。

ただ、今日の仕事は、そう難しい仕事にはならないと踏んでいる。

大名屋敷というのはそもそも人が少ない。上屋敷といえども同じで、ましてや殿さまが国許《くにもと》に行っていたりすると、屋敷内はがらがらと言ってもいいくらいである。町人の長屋に忍び込むほうがよほど難しかったりする。

蜂須賀家はまさに、殿さまが国許に行っていて、閑散としていた。

紅《あか》い紐。本当なら黒い紐のほうが目立たない。

だが、紅い紐を使うのは日之助の縁起かつぎになっていた。

その紐を木の幹や、屋根の棟木《むなぎ》などにかけながら、屋敷に入り込む。松の木が多い庭を通り過ぎ、高い塀を越えて奉行所のほうへ降りた。

案の定、かんたんに入り込むことができた。

犬を警戒したが、それもいない。おそらく奉行が犬を嫌っているのだろう。

一カ所、屋根と楠《くすのき》が接しているところがあった。この楠に紐をかけ、攀《よ》じ登った。

楠はすっかり葉を落としているが、幹や枝は太く、身を隠すには充分だった。

屋根へと移る。

足音に気をつけながら、屋敷の中央部あたりまで行った。

屋根瓦を外し、板をめくる。そこから天井裏の太い棟木に降りた。埃臭《ほこりくさ》い。隙間《すきま》から明かりが洩《も》れるあたりへそろそろと動いていく。

これで下まで降りてなにかを盗んでくるというと容易ではないが、奉行の顔さえ確かめればいいのである。

天井板を少しだけずらした。

書斎の上である。奉行らしき男が書類に目を通していた。

うつむいていて、顔を確かめられない。

「鳥居さま」

廊下に誰かやって来た。

「吟斎か。入れ」

と、鳥居が言った。声に聞き覚えがある。

それよりも、いまの名前。

――吟斎だって……！

日之助は天井裏でめまいを覚えたほど驚いた。まさか、小鈴の父の戸田吟斎ではないのか。

「橋本喬二郎らしき男が目撃されたそうです」

「どこだ？」

「麻布あたりです」

「麻布か」

そう言って、顔をすこし上向きにした。

――間違いない。

林洋三郎だった。いや、それが鳥居耀蔵だった。

「気になりますか」

「うむ。やはり麻布がカギかな」

「そうですか」

「そなたの娘は、なにもかかわっていないとよいがな」

「ええ」

「心配するな。わたしが小鈴にはなにもさせぬ」

鳥居はきっぱりと言った。

――やっぱりだ。あれは戸田吟斎だ。

頭が混乱する。

いま起きている動きのきっかけになった書物『巴里物語』。それを書いた戸田吟斎。ところが、その吟斎は鳥居耀蔵のもとで仕事に協力しているらしい。

――どうなってるんだ。

日之助は早いところここから逃げ出したくなっていた。この江戸の町人たちを守るはずの南町奉行所は、まるで伏魔殿《ふくまでん》のようだった。

「では」

と、言って、戸田吟斎は廊下に出た。

この中で暮らしているのか。捕まって牢に入っているわけではないのか。

あとをつけるように、日之助も吟斎が動いたほうへ這った。

足音を追う。廊下の隅まで行くと、渡り廊下があった。

壁がなく、天井の隙間から廊下がよく見えた。

吟斎は、その廊下を渡った。手を伸ばし、柱の位置を確かめるようにする。足元も覚束《おぼつか》ない。

――盲《めし》いている……。

驚きのあまり、日之助は足の踏み場を違え、天井板に左足を乗せかけた。踏み抜きはしなかったが、ひどい音がした。

「誰だ」

吟斎がこっちを向いていた。

「誰かいるだろう?」

日之助は、急いで屋根の上に出た。

それから、紐を伝って、下へ降りた。いざというとき、すぐ逃げられるようにしてある。

「曲者《くせもの》です！　誰か屋根裏にいましたぞ！」

吟斎が怒鳴る声を背後に聞きながら、日之助は塀を越えた。

第四章　カラスが鳴けば

一

翌日――。

〈小鈴〉がまだのれんを出す前に、

「今日、朝のうちに確かめてきましたよ」

日之助がほかの三人を前に、神妙な顔で言った。もちろん、朝のうちというのは嘘で、昨夜のことである。

「どうだった？」

小鈴が病人の具合でも訊《たず》ねるような、憂鬱《ゆうう》そうな顔で訊いた。

「間違いない。林洋三郎は、南町奉行鳥居甲斐守だ」

「ああ」

小鈴はなにか痛ましいものでも見たときのような声を上げた。

「やっぱりか」

星川はもう覚悟していたらしい。

「じきじきに見張られていたってかい」

源蔵は苦笑した。

「見張られていたんだろうな。おこうさんが深川で店を出していたころから。もちろん、おこうさんではなく、戸田吟斎さんを見張っていたんだろうが」

星川がそう言うと、

「じつはもっと驚いた光景を見ました」

日之助はつらそうな顔で言った。

さっきまで、これは言おうかどうしようか迷っていたのだ。だが、やはり小鈴には、変に隠したりせず、すべて正直に言ったほうがいいと思い直した。

「なに？」

小鈴が訊いた。

「戸田さんが鳥居のところにいるんだ」

「………」

小鈴は声を無くした。それは以前、叔父の喬二郎からも聞いたことがある。だが、あまりにも突飛な話のような気がして、信じられなかった。あれからずいぶん経《た》っている。やはり、本当のことだったのか。

「なにをしているんだ？」

星川が訊いた。

「なにをしているかはわかりません。でも、捕まっているわけでもないし、なにか鳥居のために働いているようすでした」

「鳥居のためにだと」

皆、愕然として、互いを見た。

「なぜ、戸田さんが鳥居のために働かなければならねえんだ？」

「わかりません。ただ、戸田さんは盲いています」

「そんな」

立っていた小鈴がうずくまった。伏せた顔から小さな嗚咽《おえつ》が洩れた。

皆、声をかけようもない。

だが、小鈴はすぐに顔を上げ、

「ごめんなさい」

と、立ち上がった。

「まだ、わからねえことばかりだ。悲観しちゃ駄目だぜ」

星川が言った。

「はい」

「それと、林はたぶん、そのうち〈小鈴〉に顔を出すこともあるはずだ」

「来ますかね、町奉行になっても」

源蔵は首をかしげたが、

「来るでしょうね」

と、日之助はうなずいた。

「そのとき、小鈴ちゃんは、しらばっくれて相手してやってくれ」

星川は小鈴に言った。

「相手を」

小鈴は不服そうにした。

「そのほうが、この先も都合がいいんだ」

「わかりました」

小鈴はうなずき、強い視線をまだ中にあるのれんのあたりに向けた。

二

「風が吹くと、桶屋《おけや》が儲《もう》かるってよく言うよね。あれって、どういう順番でしたっけ？」

そう訊いたのは、最近、常連になった井戸師見習いの三木助《みきすけ》である。

麻布というところは、低いほうの土地はともかく、高台に来れば井戸なんか掘っても水は出ないような気がするが、そうでもない。この一本松坂沿いにも井戸が一つあり、ここらの家が共同で使っている。

この井戸師の見習いが地面に耳を当てて聞いたところでは、かすかな水脈がちゃんと流れているらしい。

「ああ、あれね。『東海道中膝栗毛』に出てきたやつ」

と、小鈴が言った。

どんな場面で出てきたかは忘れてしまったが、弥次《やじ》さんだかが誰かにそんなことわざがあると教えられていた覚えがある。

「あれは、昔からあったんだよ。だが、十返舎一九《じっぺんしゃいっく》が使って有名になったんだな」

わきからご隠居が解説した。

「大風が吹くと、土ぼこりが舞い上がるんですよね」

小鈴がご隠居の顔を見ながら言った。

「そう。それで、土ぼこりのせいで目をやられ、盲人が多くなる」

「盲人が増えると、ごぜさんみたいに三味線をやる人が増えるでしたっけ？」

「その三味線の材料になる猫が捕られるのさ」

「あ、わかった。それで、猫が少なくなると、ネズミが増える。ネズミは桶を齧《かじ》るから、桶屋が儲かるわけ」

「そういうことか」

と、三木助はうなずいた。

「それがどうかしたの？」

「うちの親方なんだけどね、カラスが鳴くと怒るんだよ」

「カラスが鳴くと怒る?」

「そう。訳がわからなくて、おいらのほかに五人いる弟子たちも皆、頭を抱えているんだよ」

三木助の話に、周りの常連たちも苦笑いしながら首をひねった。

「それは、風と桶屋の話みたいにまどろっこしいものなのか?」

と、治作が言うと、それに賛同する声がつづいた。

「そうだよ、ただ、カラスが嫌いなだけだろう」

「カラスが好きなやつなんかいねえしな」

「子どものころ、無理やり食わされてたんじゃねえか」

「きゃあ、やめて!　気色悪い!」

お九が大きな声を上げた。

「カラスになにかされたことがあるんだろう」

「子どものころ突っつかれたり」

「カラスってのはすばやいぜ。おいらは、ぼんやり弁当を食ってたやつが、いきなり持っていかれたのを見たことがあるぜ」

「おれなんか、それやられたよ。おにぎり食ってたら、わきから持ってかれた。だから、いまだにカラスを見ると、おにぎりを隠すよ」

「お前の親方もそんなところだよ」

　治作がそう言うと、皆もそうだというように三木助を見た。

「それならカラスに怒ればいいだろうよ。なんでおいらたちが怒られなくちゃならないんだよ」

　三木助は不満げに言った。

「そりゃそうか」

「井戸にカラスというのは、縁起が悪いんじゃないの？」

　と、ちあきが訊いた。

「そんな話は聞いたことがないね」

「昔からそうなの？」

「それが、たぶん、そうでもない。このひと月くらいだと思う」

「ふうん。じゃあ、生まれつきカラスが嫌いだとかいうんじゃなく、なにか理由があるんだな」

治作が小鈴を見て言った。謎解きを期待する顔である。

「親方は、ちゃんとカラスが来たというのはわかっているんだよね？」

と、小鈴が訊いた。

「どういう意味？」

「ただ羽ばたきの音がしてたとか、カラスの声だけがしてたとかってあるじゃない。それだと、考え方も違ってきちゃうからね」

誰かの小細工みたいなことになって、仲間うちに下手人がいることまで疑いたくなる。

「ああ。ちゃんとカラスたちを見ていたよ」

「何羽くらいいたの？」

「けっこういっぱい来てたな。十羽じゃきかなかったかも」

「それまでは機嫌も悪くないんだね？」

「ああ。それで、急に怒り出すんだよ。おめえの今日の仕事はひどかった。明日、ぜんぶやり直せとか、説教も始まるし」

「あの親方が？」

「ああ」

ここにも何度か、三木助たちといっしょに来たことがある。赤ら顔の気のよさそうな人で、急に怒り出したりするようには見えなかった。もっとも、それは仕事と離れたところだからで、いざ仕事になれば、当然、厳しいところもあるだろう。

「なんだろうね？」

たしかに妙な話ではある。

だが、小鈴にも似たようなことはある。紅くて丸いものを見ると、ふっと子どものときに持っていた紅い石のことを思い出してしまう。すると、怒りたくなるのとは逆で、幸せな気持ちになるのだ。たぶん、人生でいちばんのんびりして、穏やかな時期とつながるのかもしれない。

と、そこへ。

「三木助兄さんはいますか？」

三木助の後輩が飛び込んで来た。

「どうした？　慌てて」

「大変です。親方が誰かに刺されたんです」

「なにっ！」

親方の家というのは、坂上の善福寺裏手にある門前町にある。三木助はそこに住み込んでいるが、年季明けが近いので、勝手に抜け出して来たりできるのだ。

ちょうどやって来たばかりだった源蔵も、三木助といっしょに飛び出した。

三

井戸師の親方である和左衛門《わさえもん》は、自分の家の庭に倒れていた。湯屋の帰りで、手ぬぐいを一本持ったきりだった。

腹を刺され、逃げるように、庭の草むらに倒れ込んだらしい。ところが、そこはちょうど庭石の後ろになっていて、通りを歩く人も、家の者も気がつきにくいところだった。

しかも、頭を打って、気が遠くなってしまったらしく、助けを求めたりもしなかった。このため、見つかるのがずいぶん遅れてしまった。

医者の診立て《みた》では、腹を刺されたが、急所は外れていたという。ただ、頭を打ったため気を失い、そのあいだ血が流れすぎた。

源蔵はすぐ、この界隈で訊き込みを行ったが、怪しい者を見たという人は見つからず、調べは翌日に持ち越された。

源蔵は、朝から和佐衛門の近所の評判を訊いて回った。

「口は悪いが、いい人だよ」

「刺されるほど恨まれるなんて、信じられないね」

そんな声ばかりだった。

湯屋の帰りに刺されたから、金目当ての通りすがりのしわざでもない。待ち伏せてやったのだ。

源蔵が親方の家を訪ねると、まだ眠りつづけていた。寝ている顔の色はやはり、悪い。土気色である。

医者によると、ときどき脈が細くなるらしく、

「助かるかどうかは五分五分」

と、話していたらしい。

枕元にいた三木助が源蔵のところに来て、

「もしかしたら、昨日、〈小鈴〉で話したあのカラスが鳴くと怒るというのは、刺されたことと関わりがあるのかもしれません」

と、言った。

「カラスが鳴くと怒る？」

源蔵は話の途中で来ていたので、三木助が昨日の話を繰り返した。

「それで、さっきはうわ言で、『くそっ。また、カラスが鳴いてやがる』と怒っていたのです。こんなときに言うくらいですから、やっぱり関わりがあるんじゃないでしょうか」

「ああ、たぶんあるんだろうな」

まずはその、カラスが来て、親方が怒ったという現場に行ってみることにした。

その途中、〈小鈴〉に立ち寄ると、二人の話を聞いた小鈴は、

「あたしも連れて行って」

と頼むので、いっしょに向かった。

新堀川沿いで、三ノ橋のたもとの家だった。

井戸を掘るにはまずやぐらを組む。そのやぐらの上から鉄の棒を下げ、これで地面を突《つっ》きながら穴を開けていくのだ。

「昼休みで、ここらでそれぞれ弁当を食っていたんです」

「やぐらの上にやって来たのか？」

源蔵が訊いた。

「いえ、やぐらには人が乗ってましたから、カラスは来られません。親方も上のほうにいましたしね」

「じゃあ、どこに？」

「そっちの土手のあたりに十羽ほどが並んだのです。けっこう壮観でしたよ」

じっさい、カラスが止まったところも見てみたい。

しばらく座って待つことにした。

四半刻もしないうちである。

「来た、来た」

小鈴が小さく叫んだ。

カラスたちはやって来た。川を挟んで、向こう側の土手に降りた。

しばらくは黙って眺めた。

「やっぱり、かわいい鳥ではないよね」

と、小鈴が言った。これでスズメくらいの大きさだったら感じも違うのだろうが、近くに来ると怖いくらいに大きい。

「ああ、鳴きようによっては、こっちを愚弄しているように感じるよな」

「阿呆《あほう》、阿呆と聞こえますよ」

「じゃあ、鳴き声で怒ったのか?」

と、三木助は言った。

「いや、違うよ。カラスなんてどこにでもいるし、毎日、そこらで鳴いてるよ。そんなんで怒ってたら、のべつ怒ってなくちゃならないよ」

小鈴が笑顔で言った。

「ほんとにカラスなのか?」

源蔵が三木助に訊いた。

「それはあっしだけがそう思うんじゃないですぜ。おとうと弟子たちともそんな話をしてたんですから」

「ふうん」

三人はつくりかけの家に腰をかけ、ぼんやりカラスたちを眺めた。

やがて、視界の隅で白いものがちらちらし始めた。

「小鈴ちゃん。カモメも来たぜ」

源蔵がつまらなそうに言った。

「来ましたね」

「あれ」

座っていた三木助が立ち上がった。

「どうした？」

「親方が怒ったときは、カモメもいたかもしれない」

「え？」

「うん。そうだ。カラスのほうが目立つけど、カモメもいたんだ」

「じゃあ、カラスだけじゃなく、カモメもいたから怒ったってこと？」

小鈴が訊くと、

「そうかもしれない」

三木助は頼りなげにうなずいた。

三人はやぐらのところから道のほうに出て、土手の上に立った。

黒いカラスと、白いカモメ。

それぞれ餌をあさっていて、混じり合うときもある。

一見、黒いカラスが凶暴そうで、白いカモメを苛めるように思えるが、よく見ているとまったくそんなことはない。カラスがつまんだ貝を、カモメがふんだくったりもする。むしろ、カモメのほうが威張っているように見える。

「黒と白だね」

と、小鈴は言った。

「黒白が嫌なのか？」

源蔵は首をかしげた。

四

まだ開ける刻限ではないが、準備のために星川や日之助も〈小鈴〉に出てきていた。いったん親方のようすを見てきた三木助もいっしょに、黒白の謎を考えることにした。

本当なら親方に訊けばわかることだが、容体はまだはっきりせず、昏々《こんこん》と眠りつづけているらしい。

「白と黒というと、なにを思い浮かべます？」

小鈴が四人を見回して訊いた。

「紅白と違って、縁起がいい感じはしないですよね」

と、日之助は言った。

「ああ、なんか葬式っぽいよな」

源蔵がうなずいた。

「お坊さんもそんな色合いですよ」

「なるほど」

白い着物に黒い羽織である。

「よう、三木助。坊主か寺に腹を立てているってのはどうだい？」

源蔵が訊いた。

「ううん。うちは善福寺の門前町ですしね」

「そうだな」

「ご住職とも親しくさせてもらってますよ」

「そうか」

「親方の先祖の墓も善福寺にありますしね」

どうやら、坊主や寺への恨みというのはなさそうである。

「くだらないことを思い出しちまった」

源蔵が苦笑いしながら言った。

「なによ、源蔵さん？」

「いいよ。これはなんの手がかりにもならねえから」

「でも、聞きたい」

源蔵はうなずいて、

「おれが育った長屋に、おれと同じ年ごろで美人の姉妹がいたんだよ。姉のほうは色も真っ白な美人だったけど、一つ下の妹のほうは顔はそっくりなんだけど、なぜか肌は真っ黒だったのさ。それで、その姉妹のおっ母《か》さんが言ってたんだけど、下の娘が腹の中にいたとき、煎餅《せんべい》屋の手伝いをしていたんだと。それで、いつも煎餅を焼いていたからしょう油が焦げるときの匂いを吸い込みすぎたんじゃないかって言ってたのを思い出したんだよ」

「ほんとにくだらなかった」

小鈴が笑いながらそう言うと、皆も笑った。

「そういや、目黒の近くに白金があるよな」

星川がそう言うと、皆、

「おっ」

という顔をした。

「そりゃあ、意外なものが出てきましたね」

「どっちもそう遠くないしな」

「目黒や白金になにか縁があるかい？」

星川は三木助に訊いた。

「目黒と白金ねえ」

「仕事で行ったりは？」

「あっしが弟子になってからはありませんね。親方に訊いてみないと」

三木助は首をかしげた。

たしかに親方のことでもすべて知っているわけがない。

「カラスとカモメは黒と白だけど、猫なんかは同じ猫でも黒猫と白猫がいますよね」

日之助が言った。

「いるな」

「猫に恨みがあるのでは？」

「だったら猫を見て、怒るんじゃないのか。猫なんかざらにいる。わざわざカラスから思い出すこともねえさ」

源蔵は取り合わない。

「あとはなにかある？」

小鈴が三人を見た。

「そうか。囲碁ってのはどうだい？　囲碁は黒と白の石を使うぜ」

星川が言った。

「囲碁！」

皆の顔が輝いた。

「三木助、親方はやるのか？」

「やります。親方は将棋よりも囲碁のほうが好きみたいです」

「ほう」

「あ、囲碁をしているうち、しょっちゅう喧嘩になる人がいました」

「どこの誰？」

「左官の親方で、喧嘩になって、そういえばここんとこ、見かけません。ほかの左官と組んで仕事したりしています」

「どこに住んでる？」

源蔵が訊いた。

「飯倉です。八幡さまがあるでしょ。あの門前あたりで、長吉《ちょうきち》って名前です」

「よし」

と、源蔵は飛び出していった。

五

「違ったな」

源蔵はがっかりして帰ってきた。

「駄目でしたか？」

源蔵のもどりを待っていた三木助も、残念そうに言った。

「腹が減った。小鈴ちゃん、小鈴丼を頼むよ」

「はい」

小鈴は源蔵の好物を手早くつくって手渡すと、

「ぜんぜん見当違いなの？」

と、訊いた。

源蔵は、小鈴丼を凄い勢いでかき回すと、飲み込むみたいに食べながら、

「ああ。そいつは、王子の大きな寺をやる仕事で、三日前から弟子たちと泊まり込んでいるんだそうだ」

「王子？」

「飯倉の寺の子院を新しくつくったんだとよ」

「でも、無理すれば往復くらいできるんじゃないの？」

「昨夜《ゆうべ》は王子にいたってさ。人手が足りないというので、弟子が一人こっちにもどって来て、三人ほど連れて行ったらしい」

「そんな人手の足りないとき、わざわざ囲碁の喧嘩のことで王子から往復して、刺したりはしないよね」

「ああ」

「でも、囲碁の喧嘩というのは惜しい気がする」

「なんとなくな」

「囲碁の喧嘩って、勝ち負けで喧嘩になるんですか？」

「いや、たいがい、待っただよな」

と、源蔵が言った。

「待った？」

「ああ、打ったばかりの手を、やっぱり違う手にしたいから、いまのはなしにしてくれ、待ったって言うだろ。でも、相手は待ったはなしだとなるのさ。将棋でも囲碁でも、喧嘩になるのはたいていそれだよな」

「ほんとですね。あっしもそれで何度か喧嘩になったことがありますよ」

三木助が言った。

「待ったかあ」

と、小鈴は考えた。

待った。待ってくれ。いや、待てねえ……。

「ねえ、借金の返済も待ったを頼んだりするよね」

「ああ、そうだな」

「白と黒から囲碁を思い浮かべ、囲碁から待ったが頭に浮かび、その待ったから、親方が誰かに貸して、返してもらえない金を思い出し、苛々《いらいら》してしまうっていうのは？」

「なんだか小鈴ちゃんの占いみたいだな」

「あ、ほんと」

「でも、人ってのはそういうふうに芋蔓式《いもづるしき》に考えることはあるよな」

「でしょ。それこそ、風が吹けば、桶屋が儲かるだよ」

「その貸している金のことが気がかりだったから、カラスとカモメでつい、思い出してしまったわけか」

「あ」

三木助が声を上げた。

「どうした？」

「お金じゃないけど、親方が大事にしていたのこぎりを、誰かに貸して返してもらえないのがあったっけ」

「それはどういうんだ？」

「ほんとか嘘か知らないけど、左甚五郎《ひだりじんごろう》が使っていたのこぎりだそうなんです。それを誰か注文主に貸したのかな。でも、なかなか返ってこないんだと言ってたような」

「注文主はわかるか？」

「それはたぶん、帳簿を当たれば」

「よし。三木助、おめえも来てくれ」

源蔵はもう一度、立ち上がった。

それから、しばらくして——。

戸が開いて、懐かしい顔が現われた。

「北斎さん」

ほかの客の話を途中にして、小鈴は北斎に駆け寄った。

安房《あわ》からもどったというのは、ふた月ほど前に顔を出した柳亭種彦から聞いていた。まだ矢部駿河守が南町奉行だったころで、絵師や戯作者への厳しい目も、ほとぼりが冷めたようになっていると、柳亭種彦もほっとした口調だった。

「礼を言いに来るのが遅くなってすまなかったな」

「礼なんて、とんでもないですよ」

こっちからも訪ねて行きたかったが、いざというとき以外は出入りしないほうがいいと、それは星川たちの忠告だった。

日之助も調理場から出て来て挨拶した。

「北斎さん、足はいいんですか？」

日之助が訊いた。

「足？　ああ、あんなもの、ひと月も経たねえうちによくなったよ」

「元気そうですよ」

「精のつくものを食わせてもらおうかな。田舎鍋に小鈴丼でも」

食欲も相変わらずらしい。

急いで北斎の注文に応じた。できるまでのあいだ、柚子湯《ゆずゆ》も飲んでもらった。

「うまいよ。向こうじゃ魚ばっかり食ってて、卵が食いたくなったりした」

「まあ」

北斎は薬喰《くすりぐ》いもすると、星川が言っていた。

「鳥居耀蔵が町奉行になっちまいやがった」

「そうですね」

「怖いぞ」

「はい」

「つい先日、版元からも言ってきたよ。鳥居はおれを狙っているとさ」

「…………」

「ほかにも柳亭種彦」

「はい」

「絵師では歌川国芳《うたがわくによし》、戯作者では為永春水《ためながしゅんすい》あたりも狙っているそうだ」

「そうなんですか」

国芳の絵は見たことがある。為永春水は読んだことがない。

だが、たぶん狙いがいがあるといったら、北斎がいちばんなのだろう。

「じつは、北斎さん。驚くことがあるんです」

「なんだい？」

小鈴の表情を見て、北斎は不安げな顔をした。

「ここに来ていた林洋三郎さんという客が、じつは鳥居耀蔵だったんです」

「なんだって」

北斎はしばらく絶句し、

「探っていたのか」

「そうでしょうね」

「なんてこった」

「でも、こっちの秘密はまだ握られていないと思います」

北斎は背筋を伸ばすようにして、

「おれも急いで仕事をしなければな」

と、言った。

「ますますやる気が出たみたいですね」

安房に逃げる前よりも元気になった気がする。

「ああ、新しい連作に取り組もうと思ってな」

「連作というと、あの『富嶽《ふがく》三十六景』みたいなやつ？」

「そう。あのあともいろいろ手がけてはいるが、どれもぱっとしねえ。だが、いま構想しているものは、ひさしぶりにいいものになりそうだ」

「なにを描くんですか？」

「龍だよ」

「龍！」

一瞬、北斎が龍に見えた。

「青い龍、赤い龍、昇り龍、下り龍、怒った龍、笑った龍、大人の龍、赤ん坊の龍……いろんな龍が描きてえのさ」

「見たいです」

「ちぢこまった人間の気持ちを天に向かって解き放つような絵にしたいんだ。世界に目を向ける心意気。それが龍の魂だろうよ」

「壮大ですね」

「ああ。ただ、浮世絵で描くには大きすぎるかもしれねえ」

「では、直筆とかで?」

「だが、それだと持っている者とその周辺の者しか見られねえ。おれは、人が集まってくるところに描きてえんだが、なかなかそんなところはねえ」

北斎はそう言って、箸を筆のように持ち、この天井になにか描くようなしぐさをした。

六

三木助の親方を刺した下手人は、六右衛門《ろくえもん》と言って、変わったものを集めるのが道楽という男だった。ふた月ほど前に、井戸を頼んできていて、三木助の親方と話をしていた。まだ仕事に取り掛かっていなかったので、三木助もその男のことは知らなかったが、親方の愚痴を耳にしていた女房が思い出したのである。

大金持ちというほどではないが、鳥居坂下あたりにいくつか家作を持っている。だから、食うに困ることはないのだが、変なもの集めの道楽に金を注ぎ、ふだんはぎりぎりの暮らしを送っているらしい。

その男が、親方に左甚五郎の遺品ののこぎりを自慢され、もう一つ井戸を頼むという約束でしばらく借りていった。ところが、持っているうちに返したくなくなり、親方が死んでしまえば返さずに済むだろうと、凶行に及んだのだった。

源蔵が問い詰めると、それほど手こずらせずに白状した。奪ったのこぎりもすぐに見つかった。

この六右衛門をいったん番屋に入れると、源蔵は井戸師の和左衛門の家に報告に行った。六右衛門が怪しいというのは、もう三木助が話しているはずだが、ちゃんとお縄にしたことは教えてやりたい。

「あ、親分さん」

玄関先に出た和左衛門の女房が明るい。

「どうだ、容体は？」

「少し口が利けるようになりました」

「それはよかった。で、下手人のことはなにか言ってたかい？」

「暗がりで刺されたので、顔は見えなかったが、ひどく変な匂いがしたのであいつかもしれないと言ってました」

「変な匂い？」

「風呂にほとんど入らないので、冬でも汗臭いんだそうです」

「ははあ」

それは六右衛門の家の中を見てもわかった。とにかく物でごった返しているのだ。価値のあるなしに関係なく、欲しいものに囲まれていれば満足らしい。

左甚五郎ののこぎりも置いてあった。それほど欲しかったものなら、もう少しちゃんと飾ればよさそうなのに、そういうことにはまったく気が回らないらしかった。

「六右衛門が吐いたぜ」

「まあ」

「のこぎりも取り戻したが、お裁きで使うかもしれねえので、もうちっと預かっておく。安心して療養するように伝えてくんな」

そう言って、源蔵はくるりと踵《きびす》を返した。

かなり遅い時刻になって——。

下渋谷村にある大塩平八郎の隠れ家を、五合目の半次郎が訪ねて来ていた。

江戸の真ん中はともかく、ここらはもうすっかり静まり返っている。

いままでは麻布一本松坂の小鈴の店で会っていたが、できるだけ迷惑をかけないよう、近ごろは直接、隠れ家を訪ねることにしたのだ。

「あっしらの仲間が、南町奉行所にしょっぴかれちまいました」

と、半次郎が言った。

手習いの子どもたちが置いていった習字の紙に朱筆を入れている途中だったが、それをわきに片づけ、

「訳は？」

と、大塩は訊いた。

「集めた金を不正に流用したというんです。あっしらは集めた金を寝かせておくことはしません。それぞれ運用して利子を得ています。だから、ここを突っつかれると、富士講の御師は一網打尽ということになってしまいます」

「なるほど」

「どういう罪になるのでしょう?」

「罪などどうにでもできる」

「そうでしょうね」

「ましてや鳥居だ。でっちあげは得意中の得意だろう」

「ううむ」

半次郎は呻《うめ》いた。

「たぶん裁きに持ち込み、それで御師の中でも、もっとも力のあるあんたを呼び出そうとするだろうな。いままでは、直接迫ってくる手を逃げていればよかったが、今度はそうはいかなくなるかもしれぬ」

「そうでしょうね」

江戸中の番屋に、人相書きや手配書が回るのだ。そうなれば、半次郎も江戸には入れない。それこそ、あとの人生は富士の樹海で暮らすことになる。

「しかも、富士講は壊滅だ」

「そうなったら、あっしも食行身禄《じきぎょうみろく》さまに合わせる顔がねえ」

「北斎さんあたりも危ないな。富士講の流行をあおりたてたということでな」

大塩はいよいよ鳥居の手が迫りつつあるのを感じている。

だが、こちらも打って出るつもりである。

「それで、今日はこれを持ってきました」

担いできた袋を指差した。

「千両あります。資金としてお使いください」

箱ではなく、丈夫な袋に入れて背負ってきた。そのほうが身体にぴたりとついて運びやすいのだ。

「千両。おい、半次郎さん、運用するつもりだったら当て外れだぞ。利子をつけることはできぬ」

「ええ。もともと富士への新しい道を整備するための資金にしようと思っていたのです。いずれ、女子どもまで頂上に登ることができる日を期待してますので」

「うむ」

「だが、とりあえずいまの危機を抜け出さないと。このまま締め付けが厳しくなり、富士講が禁じられたりしたら、元も子もなくなっちまうんですから」

半次郎は袋を大塩に差し出した。

「いいのか」

「あっしは人を持っていねえ。だが、こっちはある。ぜひ、活《い》かしてください」

「かたじけない」

大塩は頭を下げた。

これで、西洋火薬を大量に入手できる。

大砲をどかんどかんぶっ放すようなことはもうしない。もっと効率よく、江戸を火の海にするつもりだった。


「よう、ちっと話があるんだ」

店仕舞いした〈小鈴〉を出ると、星川が源蔵と日之助に言った。

「聞かれちゃまずい話でしょ、星川さん？」

源蔵が訊いた。

「ああ」

「それじゃあ、あっしのところに」

三人は源蔵の長屋に入った。あいかわらず散らかっている。

火鉢に火を入れ、行灯《あんどん》の明かりを点《とも》してから、

「なんです」

と、源蔵は訊いた。

「次に林が来たときの話さ」

「あ、はい」

「源蔵、日之さん。やっぱり鳥居はおいらたちで始末しよう」

「え」

「…………」

これには源蔵も日之助も顔色を失った。

「小鈴ちゃんにはないしょで鳥居を斬り、遺体は賢長寺の墓場に埋めてしまうのさ。

おいらが毎晩、剣の稽古をしているあたりは、まだ空きがある。あそこに埋めちま

えば、絶対わからねえし、三人がかりでやればかんたんなことだ」

「南町奉行を亡き者に」

源蔵は唖然となった。

町方のいちばん尻尾《しっぽ》が、いちばんの頭に嚙みつくのである。こんな下剋上《げこくじょう》は前代未聞だろう。

「そうしないと、逃がし屋のこともいずれ悟られる。鳥居はおこうさんがそれをしていたのに薄々勘づいて、見張りに来ていたに違いねえ。証拠でも摑まれた日には、おいらたちはもちろんだが、小鈴ちゃんもお縄になるぜ」

「いや、証拠なんかなくても、でっちあげで人を罪に陥れるようなやつなんでしょ。やるしかないでしょう」

「わたしもそう思います」

源蔵と日之助も賛同した。

「ただ、林が一人で来るかどうかだ」

「この前までは一人で来てましたよ。あっしは、一人で舟に乗ってきて、一ノ橋のところで降りるのを見たことがあります」

「奉行になったいまもか？」

「そうですね」

「お付きの者はいるでしょうね。それも一人や二人じゃないかもしれませんよ」

「ああ。まず、林が来たら、それは確かめよう。おいらがいねえときなら、待っていてくれ。日之さん一人でやっちゃ駄目だ」

「わかりました」

「でも、星川さん。あっしはここんとこ、そこらを飛び回ってますぜ」

「源蔵はしょうがねえ。やったあとで、いろいろ助けてもらわなくちゃならねえ。厠《かわや》にでも行ったときか、帰りがけか、とにかくおいらがやる。それから、小鈴ちゃんに悟られないよう、日之さんとおいらとで、まずは賢長寺の墓場まで運ぶ。それで、どうだ？」

「わかりました」

「供の者がいたら？」

　と、源蔵が訊いた。

「お忍びだ。五人も十人も引きつれてってことはない。腕の立つのがせいぜい二、三人てところだろう」

「鳥居一人をやるのは簡単かもしれねえが、そうなると厄介でしょう？」

「ああ。だが、討ちもらしたりしたときは、おいらが一人で血迷ってやったことにしてくれ。いいな」

「大丈夫。ぜったい、やれますよ」

と、日之助は言った。

第五章　巴里物語

一

「熊の胆はどうです?」

店の外の陽当たりのいいところに、漬け物に使う樽を並べて干していると、後ろから小鈴に声がかかった。

熊の胆というのは、胃のあたりが痛んだり、むかついたりしたときに飲む薬で、恐ろしく苦い。あまりの苦さで、痛みやむかつきが消えてしまうのではないかと思えるほどである。

「熊の胆は要《い》らないなあ」

そう言いながら振り向くと、やさしげな男の笑顔があった。

「喬二郎叔父さん」

「熊の胆も役に立つときはあるものだよ」

「ほんとに熊の胆を売ってるんですか？」

そう言って、小鈴は改めて叔父の橋本喬二郎を見た。

月代を伸ばし、乱雑に髷《まげ》を結っている。着物はすり切れ、顔も垢《あか》じみている。せっかくのいい男が、いかにも山から降りて来た男みたいになっていた。

「本当だよ。この前、五合目の半次郎からもらったのさ」

と、首から下げた木箱を開けてみせた。

「へえ」

「だが、押し売りはしない。それより、これ」

と、橋本喬二郎は表紙になにも書いていない書物を取り出した。

「あ、あれ？」

「そう。これが吟斎さんの書いた『巴里物語』だ。小鈴ちゃんには原本を渡すよ。姉さんがずっと守りつづけたやつさ。最後に、鳥居の手の者が迫っているのを感じ、わたしに託したんだろうな」

「原本てなんですか？」

「吟斎さんが自分で書いたもので、それしかないんだよ。あともう一冊が、わたしの手元にあるが、それは姉さんの字だしな。吟斎さんはいろんなことを警戒し、写本も許さなかったのさ」

「そうなの」

そのわずかな書物が多くの人の心を揺り動かしたのだ。

「小鈴ちゃんに読んでもらえたら、吟斎さんも喜ぶと思うよ。じゃあな」

坂を下りて行こうとする橋本喬二郎に、

「待って、叔父さん」

「なんだい？」

「父のことで話が」

「吟斎さんのこと？」

橋本喬二郎の顔がふいに曇った。

「父は、いま、南町奉行所にいます」

「……………」

「以前、誰かが鳥居の屋敷の中に入るのを見たって言ってましたよね。本当のことだったんです。鳥居の手の内にあって、もしかしたら蘭学の弾圧にも協力しているかもしれれません」

「小鈴ちゃん。誰にそれを？」

「母の店だったころからの常連だった林という客が、じつは鳥居耀蔵だと、お客さんから教えられたんです」

「鳥居が常連……」

橋本喬二郎の顔がさっと青ざめた。

「それで、うちの日之さんが奉行所に確かめに行って……」

「そうか」

「叔父さん、驚かないの？」

小鈴には、橋本喬二郎の反応の乏しさが、むしろ意外だった。

「もしかしたら、という気持ちはあったんだ」

「そうなの？」

いままではなにも教えてくれなかった。

「吟斎さんの足取りについてはよくわからないのだが、長いこと姿が見えなかったあいだに、日本を出て巴里まで行ってきたような気がするんだ」

「巴里に……」

「それで、じっさいに見た巴里の姿が、自分の書いた巴里とあまりにも違っていたのかもしれない。だから、以前のように巴里について語ろうとしなかったとも考えられるのさ」

「まあ」

「そして、そんなとき鳥居耀蔵と会い、吟斎さんは鳥居の考えに屈するようになったというのも、あり得るかもしれないぜ」

「鳥居に屈した？」

「そう考えると、いろんな矛盾も納得できるんだ。これまでも、長崎で見たのに、江戸に来ていないとか、幕府の手の者に捕まったとか、下谷にある鳥居の屋敷の近くで捕えられたとか噂が入っていたんでね」

「そうですか」

「あの義兄《にい》さんが、鳥居と結ぶなんて、わたしには信じられない気持ちもあるのだがな。とにかく気をつけるしかない。小鈴ちゃんもそれは読み終えたら、うまく隠しておいてくれよ」

「わかりました」

小鈴はうなずき、橋本喬二郎が去って行くのを見送った。

店の中に入り、いったん戸を閉めて二階に上がり、いまもらった書物をめくった。

題は一枚めくったところに書いてあった。

『巴里物語』。

胸が高鳴った。母のおこうが必死で守りつづけたもの。これがいろんなできごとや、人の死をも招いたのだ。

怖いけれど、やはり読まなければならない。

小鈴は夢中になって、『巴里物語』を読み始めた。


これは、遠き仏蘭西国《フランス》で起きた一揆《いっき》の話——。

民が仏蘭西国の国王や貴族、僧侶たちに反逆し、その兵士たちと戦い、見事、勝利したのである。

それが始まったのは、寛政元年のこと。

口火を切ったのは、巴里のバスチユにあった牢獄への襲撃だった。

その始まりと経過をくわしく語っていこう。

それまで、民はお上の過酷な年貢やしめつけに苦しんでいた。

巴里に住むある鍛冶屋《かじや》の一家。まだ若い亭主と女房、生まれたばかりの女の赤ん坊の三人家族だった。この家は、とにかく貧しかった。

亭主は、朝から暮れ六つまでは親方の仕事場で働き、終わって家で飯を食うと、とても今度は親方にはないしょで路上に店を出した。親方からもらう給金が安くて、とても赤ん坊を食わせることができないのだ。路上の店はふいごが使えないので、鋳掛《いか》け屋の仕事しかできなかった。

鍛冶屋の一家は、五階建てのいちばん上に住んでいた。巴里の長屋は石でできていて、いちばん上に住む者が、いちばん貧しかった。上り下りは大変で、腹が減って、途中で何度も休まなければならなかった。

飯は一日に一回が精一杯だった。パンと水で薄くした牛の乳を食べた。朝、どうにも力がでないときは、湯にパンをすこし千切っていれ、粥《かゆ》のようにして食べた。海が近ければ魚を、山が近ければ木の実をとり、わずかでも腹の足しとすることができただろうが、巴里は海にも山にも遠かった。大きな川はあるが、汚れ切っていて、魚もあまり棲《す》まなかった。

腹が減り、道端で倒れたら、もう家まで帰りつく力も無くなっていた。町で死のうものなら、かならず身ぐるみを剝《は》がれた。埋葬もされず、川へ放り込まれた。家族はもどらぬ者を探し、終日、町を歩き回った。

着るものはぼろぼろだった。親の代に買った古着を次の代まで着た。

貧しさゆえに湯屋にも行けない。汗水たらして働いたあとも、その汗を流すことすらできない。身体は垢でまみれ、皆、鼻の曲がるほどひどい臭《にお》いを発していた。せめて赤ん坊だけでも、毎晩、きれいな湯につけてやりたいが、その湯をわかす焚き木代を得るのさえ容易ではなかった。

ところが、この鍛冶屋の親方の暮らしはひどくはなかった。それはそうで、客からもらう代金から上前をはね、弟子の鍛冶屋には微々たる賃金しか渡さなかったのだ。そのくせ、この弟子が夜、鋳掛け屋仕事をしていると知ると、やくざ者を連れてやって来て、鍛冶屋を殴ったりした。

これはおかしいと、お上に訴えたこともある。

だが、鍛冶屋の親方はすぐに、お上の同心や与力たちに賄賂《わいろ》を贈った。このため、裁きの場では親方の証言ばかりが認められ、逆に鍛冶屋は鞭《むち》で打たれた。

こうしたことがあって、鍛冶屋はもはや、お上に訴えようなどという気力も無くしていた。

「誰が助けてくれるんだ」

鍛冶屋は神仏にも祈った。

だが、神仏が力を貸してくれる気配はなかった。神仏に仕える立派な寺院のなかの僧侶たちは、いったい誰のために祈りを捧《ささ》げているのか、さっぱりわからなかった。

「自分で救うしかないのか」

鍛冶屋はそう思った。

だが、一人の力などたかが知れている。大勢の仲間が必要だった。

また、巴里の近くの村に住むある百姓は、麦とさまざまな野菜をつくった。ニワトリを育て、卵を取った。春から秋までは働きづめで、冬は飢えに耐え、ほとんど眠るようにして暮らした。

「まるで熊の暮らしだ」

と、百姓は嘆いた。

その年の夏に雹《ひょう》が降った。そのため作物の実りは前の年の半分以下だった。ニワトリに餌をやることもできず、ほとんどが死んでしまった。

それでも年貢を集める代官がやって来て、払えないなら娘を売れと勧めた。娘は泣きながら連れて行かれた。だが、それで食べものが手に入ったわけではない。

誰に訴えることもできない。本来、村のもめごとは代官が処理するが、百姓の味方などするわけがない。

その十年ほど前、近くの村で代官が殺されたことがあった。厳しい年貢の取り立てに怒った百姓が、夜、待ち伏せして、石で殴り殺したのだ。

報復がおこなわれた。領主の兵がやって来て、適当な尋問のあと、十人ほどを手当たり次第に殺した。

以来、たてつく者などいない。

冬になると、飢えはひどくなる一方で、枯れ草と土を混ぜたような団子を食ったりもした。

結局、この一家は六人のうち、三人が餓死してしまった。

さらに一人は、村を捨てることにした。村の友人三人と相談し、巴里に向かった。百姓しかやったことはなかったが、人足仕事くらいはできるだろうと踏んだ。どうせこのままいても、翌年には餓死しているだろうと思えた。

どうにかやって来た巴里で、四人は田舎よりもひどい窮状を目にすることになった。


一方、国王が姫たちとともに住むベルサイユ城では、夜ごと宴《うたげ》が開かれていた。国中から集まってきたごちそうを食べ、さまざまな快楽にふけった。

城の中で女たちが嬉しそうに騒ぎ立てる声は、高い石垣を越え、町人たちの住むあたりまで聞こえた。

「あの楽しげな歌声はなんだよ」

「いったい、わしらの苦しみをどう思ってやがる」

悔しさと情けなさで、町人たちは夜も眠れなかった。

なかでも国王ルイの奥方、マリの贅沢三昧《ぜいたくざんまい》は呆れるほどだった。

ぶどうでつくった贅沢な酒を朝から浴びるほど飲み、夜になると城を抜け出し、町に出て、そこでも贅沢な遊びをつづけた。

また、ベルサイユ城という豪華な城がありながら、マリのためだけの城を建てさせ、ここでも贅沢をきわめた。

池をつくり、そこには金《きん》でつくった贋物《にせもの》の魚を泳がせていたという。

このマリのふるまいに、家来は死罪を告げられるのを覚悟で、こう諫言《かんげん》した。

「民は飢えていて、飯も食えないほどなのです」

すると、マリはこう言ったのである。

「飯がないなら、かわりにお菓子を食べればよいではないか」

また、マリは光る玉の類《たぐ》いに目がなく、高価な首輪などを集めるのに金を惜しまなかった。

あるとき、マリは数万両という光る玉を数限りなく鏤《ちりば》めた首飾りを買った。しかし、取り持った男は詐欺を働き、マリはこの首輪を手にすることはできなかったという。

無駄に消えた数万両。この金があれば、いったいどれだけの民が飢えずにすんだことだろうか。だが、マリはそんなことは一顧だにしなかった。


こうした愚かなまつりごとがおこなわれる中。

国を憂える書物も次々に出されていた。

書物には力がある。

ルソという学者が書いた書物はたいへんな売行きとなった。

ルソの訴えたのは、このようなことだった。

人はもともと、誰もが自由で平等だった。王や殿に従ったり、いくさに駆り出されたり、厳しい年貢を取り立てられるようなこともなかった。

自分でつくった作物を自分たちで食べ、自分たちのために狩りや漁をした。

それがやがて、人に身分の違いが生まれ、上に行くほど暮らしは楽になり、下に行くほど暮らしは厳しくなった。

もともとは同じ人間であるのに、この違いはどうしたことか。しかも、自分で勝ち得た上の身分ならともかく、ただそこに生まれたというだけで、身分が違ってきてしまう。これは、運不運だけではすまされない。一人の人間の運不運だけならなんともしがたいが、しかしこうした身分や世のしくみは変えることができるのだ。

ルソはこうしたまつりごとの過ちを正すためには、民の一人ひとりがまつりごとに参加しなければならないとした。

また、モンテという学者は、まつりごとでは、お上と、裁きをおこなうところと、評定所とは別々に分けて、この三カ所はそれぞれ同じくらいの力を持つようにすべきだと説いた。

わが国などは、お上がいちばん上にいて、裁きも評定もすべてお上のなすがままになっている。これでは、民のためのまつりごとがおこなわれるわけがない。

仏蘭西国では、ここまで大胆な言説を述べる学者がいるのだ。もし、わが国にこうしたことを言う学者が現われようものなら、たちどころに投獄され、さらし首となるに違いない。

学者のほかにも、瓦版屋の活躍は大きかった。

瓦版屋は、町であったひどいできごとをすぐさま調べて瓦版にし、翌日には町の方々で売りさばいた。役人のひどい行状や貴族の横暴、僧侶の遊興はすぐ町人たちに知られるところとなった。

また、この瓦版のおかげで、お上のなんという者が、どんなまつりごとに関わっているのかを知ることができた。

「こいつだよ。こいつが今度のお裁きで、むごい仕打ちをしやがったんだ」

「この勘定奉行もひでえやつだぜ」

などと。

むろん、お上はこうした瓦版屋を捕まえ、牢にぶち込みもした。だが、彼らは神出鬼没で、しかも次々と新しい瓦版屋が現われるため、ほとんどいたちごっこと化した。また、巴里という町は入り組んだ複雑な町並であるため、町方の同心や小者たちの手にはまるで負えなかった。

巴里の町には、方々に〈カッヘ〉と呼ばれる店がある。茶や酒、それにかんたんな料理を売る店である。店の中だけでなく、路上にも縁台を置き、誰でも気軽に入ることができる。

それは、江戸の水茶屋と似ている。

巴里の町人たちはしばしばここに集い、自分たちの身の上や、まつりごとへの不平不満について語り合った。

「もう我慢できねえ」

「おれだってそうだよ」

「一揆を起こせばいいんだよ」

「一揆を成功させるのは大変らしいぜ」

「だが、もうそれしかないだろうよ」

こうした話が巴里中のカッヘでなされ、口々に伝えられていった。

役人の偉い人の中にも、民を大事にし、民の窮状を国王らに訴える人もいた。メケルという人もそんな一人だった。

「民はもう疲れ切っています。年貢をゆるくしてやらなければなりません」

仏蘭西国では、貴族や僧侶たち裕福な者は、年貢を払う必要はない。わが国の武士もまた同様であるが。

このメケルは、

「貴族や僧侶たちからこそ、多額の年貢を取るべきだ」

国の評定でも、そう訴えた。

「金持ちになるほど年貢の額も多くして、貧しい者は年貢もできるだけ少なくするのが、正しい年貢の集め方だ」

この訴えには民も大喜びだった。

だが、貴族や僧侶からはすさまじい反発を喰らって、メケルはついに役人の地位を剥奪《はくだつ》されてしまった。

「メケルが失脚した」

「もう、わしらのことを考えてくれる役人はおらぬ」

これが、前代未聞の巴里の騒乱のきっかけとなったのである。

耐えに耐えてきた民であった。

ついに堪忍袋の緒が切れたようになった。

「お上に、おれたちの言い分を通してもらおう」

「通らないなら、お上を打ち倒し、おれたちのためになる新しいお上をつくるしかないだろうよ」

「一揆だ、一揆！」

「それしかねえ！」

民はまず、武器を持たなければならなかった。一揆を起こしても、いくら民のほうが数でまさっても、強力な武器の前には空《むな》しく死骸を並べるだけである。

すでに民の側の密偵たちの奔走で、武器蔵は調べられてあった。

まず、ここを襲ったのだ。大砲、鉄砲、槍《やり》をわがものとした。

これまで民にひどい仕打ちをした役人の家は焼き打ちをかけられた。すると、巴里の方々の家が焼けた。木づくりの家は燃え上がり、石づくりの家からは中のタンスや敷物が焼けて煙を噴いた。

暴利をむさぼってきた大商人たちの店も焼かれた。

あまりにも方々で焼き打ちがおこなわれると、町方も火消しも、うろうろするばかりでなにもできなくなってしまう。

炎と煙の巴里の町を、民は歓声を上げながら走った。

走りながら大声を上げた。歌をうたう者もいた。ずっと出せなかった声が、初めて出せたような、喜びに満ち溢《あふ》れた。

「自由だ、自由」

「平等、平等」

「愛と、自由と、平等だ！」

勢いを得て、バスチユの牢獄を襲撃した。

バスチユの牢獄は石でできた城と言ってもよく、難攻不落を誇ってきた。いったいに巴里の多くの長屋や城、門、道などはすべて石でできている。その堅牢なことは、わが国の城や武家屋敷の比ではない。それでも、民たちは恐れることはなかった。堅牢な城は、奪ってしまいさえすれば、今度はこっちが守りやすくなる。それは事実であった。

「バスチユを襲っただと。あっはっは、民はやはり馬鹿者よ。あそこは落ちぬ」

た。


国王ルイもそう言った。

だが、群衆と化した民は、じりじりと前進した。

このとき、二人のすぐれた男が活躍した。鳶職《とび》でもあったのか、すばらしく身の軽い二人は、短刀を口にくわえたまま牢獄の石垣をよじ登り、ひそかに中へ侵入した。

中では何人かの兵士が、寝ずの番をしていたが、二人はたちまち、この兵士たちを刺し殺した。

そうして、牢獄の門につくられていた撥《は》ね橋の鎖を内側から外し、下ろしてしまったのである。このおかげで、民はいっきに牢獄内部へと侵入した。

こうなると、中の役人と兵士らはもろい。

まだまだ戦う余力はあったものの、民の勢いに押され、降参した。

民はいっせいに中へとなだれ込み、ここにも蓄えてあった武器や火薬を奪い、罪人を解放した。

罪人と言っても、火付け強盗の類いを解放したりはしない。愚かなまつりごとに対して文句を言ったがために檻《おり》に入れられた人々を助けたのである。

バスチユ陥落の報《しら》せはたちまち国中に伝えられていった。

七月の半ばに始まった一揆は、燎原《りょうげん》の火のように国中に広がり、八月末には大きな評定が開かれ、これには貴族や僧侶の高位の者や国王の家来ばかりか、民の頭領たちも大勢、参加した。

そして、この評定において、国の根本をなす法度《はっと》がいくつもつくられ、一揆の言い分は認められることになった。すなわち、

「人は、生まれながら、自由であり、平等である」と。

この一揆にはまた、数万ものかよわき女たちも加わっていた。

台所を預かる女たちの思いこそ切実だった。一生懸命働く亭主に、ちゃんと飯を食わせてやりたい。育ち盛りの子どもたちが、飢えで泣くような思いをさせたくない。そうした思いで、女たちは巴里の火除《ひよ》け地に集結した。

「飯を」

「飯を」

それが合い言葉のようになった。

「王に直接、訴えよう」

「戦うのは、男たちだけじゃない」

女たちも武器を取り、ベルサイユ城に向かって行進を始めたのである。

巴里からベルサイユ城までは十里（およそ三十九キロメートル）以上ある。

「飯を」

「飯を」

「王家と貴族と僧侶ばかりが贅をきわめるな」

「いままでのことを詫びろ」

掛け声は沿道に響き渡り、女たちがぞくぞくと加わった。

これには、お上の兵士たちもとまどった。

相手はかよわい女たちである。兵士の中にも情のある者はいて、

「女は撃てぬ」

「そうだ。女を撃つくらいなら、わしも女たちの味方をする」

女たちに加勢する者も現われた。

しかし、それはやはり少数だった。

「止まれ！　それ以上来ると撃つぞ！」

お上の兵士たちは、ベルサイユ城の手前に陣を張り、鉄砲隊をずらりと並べて叫んだ。

「撃てるものなら、撃ってみなさい。あたしたちにも鉄砲はあるわ」

女たちはさらに進んだ。

「かまわぬ、撃て」

お上の兵士たちはついに撃ってきた。

「あたしたちも撃つのよ」

女も鉄砲を撃った。撃ち方は、ここに来る途中でかわるがわる稽古してあった。

大砲も持ち出し、これも撃った。

「女たちが大砲を」

これには兵士たちも仰天した。

「ひるまないで」

「わたしたちがひるめば、もっとひどい世の中が待っているわ」

「いま、わたしたちが逃げたら、末代の女に合わせる顔が無くなるわよ」

前方の女たちが鉄砲に撃たれて倒れるが、その死体を乗り越え、女たちは進んだ。

その戦いぶりは、男たちにまさるとも劣らなかった。

お上の兵士たちは、ついに退却を始めた。


ここで、ドメリクという女の活躍を特記しておこう。

ドメリクは花魁《おいらん》だった。

もとは裕福な呉服屋の娘として生まれたが、貴族のために用立てた金を踏み倒されて、店はつぶれ、借金の返済のため、苦界に身を落としていた。

しかし、苦界の暮らしには耐えられなくなっていた。自ら命を捨てることも考えていた。そんなとき、窓の下を大声を上げながら駆ける一団を見た。

「おれたちは自由だ」

「おれたちは平等だ」

そんなことを叫んでいた。

それらの言葉はドメリクの胸の底にすとんと落ちた。

「そうよ。あたしだって、自由だわ」

ドメリクは自分でも気がつかないうちに外へ飛び出し、男たちの先頭に立っていた。

女だてらに、鉄砲の弾も恐れず、どんどん前へ進んだ。敵の一団がいるところを見つけると、そこへ行って旗を振った。まるで火事の真っただ中で纏《まとい》を振る火消しのように。

このおかげで、ドメリクが出た戦場は皆、大勝利を収めた。

ドメリクは皆の称賛を得た。

「ドメリクはおれたちの誇りだ。勝利の女神だ」

だが、ドメリクは笑ってこう言った。

「そんなことより、ごほうびにおまんじゅうを腹いっぱい食べさせてよ！」

国王も次第に追い詰められていった。

しかし、民も国王の権限をすっかり奪い去り、殺してしまおうとまでは思っていなかった。

ただ、もっと民のことを考えたまつりごとを望んでいた。

ところが、民がまつりごとに参加し始めると、不安を覚えた国王ルイは、マリたち家族を連れて、逃亡してしまった。

これには民も落胆した。いままでひどいまつりごとに落胆しながらも、国王に対してはどこか尊敬の念もあったのである。だが、こんなときに逃げ出してしまうということは、民に対してまともに相手をする気がないからだろう。

「あんなやつ、王でもなんでもない」

「ただの前の王の馬鹿息子だ」

「そうだ、馬鹿息子だ」

民の尊敬の念はまったく消え失せてしまった。

このとき活躍したのが、錠前屋のガマという男だった。

ガマは腕のいい錠前屋で、店は騒乱以前からずいぶん繁盛していた。

騒乱が始まったばかりのころ、ガマはベルサイユ城に呼ばれた。

「じつは、秘密の金蔵をつくって、開けられない錠前を取り付けたい。大急ぎでやってくれ」

「わかりました」

ガマはうなずいた。

石壁の一部を壊し、一部の石を取り除き、そこにかなり多くの千両箱を隠せるほどの空きをつくった。

ガマは一計を案じた。

——おそらく、ここに納められるのは、ろくでもない王の隠し金。

ガマは命令されたような隠し場所と、誰にも開けられない錠前をつくったのだが、同時にその裏側に、かんたんに開けられる仕掛けをつくった。すこし壁を崩しさえすれば、城の外からでも蔵の中のものを取り出せるようにしたのである。

さらに、ほかの蔵も不用心であると言って、いままで隠しておいたものもすべて、こっちに移すべきだと進言した。錠前づくりの名人の言うことならと、王の家来たちはその意見に従って、重要な書付などもすべて、この金蔵へと移してしまった。

だが、騒乱が始まると、ガマはこの金蔵を開けてしまい、莫大《ばくだい》な千両箱だけでなく、王の悪事の証拠となる書付なども、白日の下にさらされることとなった。

民の尊敬を失った国王は、逃げる途中で捕まり、巴里へ連れもどされた。

そして、国王とマリは、首斬り台に上げられた。

この首斬り台には、大きな板戸のようなものが立っている。その下のほうに、人が頭を入れる穴が開いているのだ。

また、板の上には大きくて切れ味のいい刃が吊《つ》られている。

死罪を申しつけられた者は、町人たちが見ている中で、この穴に首を入れさせられる。そして、合図とともに、刃を支えていた綱が離され、切れ味鋭い刃はすとんと下に落ちる。その瞬間、人の首もまたごろんと台に転がるのだ。

民が国王とマリを裁き、この首斬り台で処刑されるべきだと決めた。

首斬り台の上に上げられると、王は民に向かって、

「助けてくれ」

と、大声で言った。

「駄目だ」

民は答えた。

「お前のせいで、どれだけの人間がつらい暮らしの末に、餓死していったか、考えたことはあるのか」

「お前にちょっとでも文句を言おうものなら、すぐに投獄され、こうして首を斬られた者がどれだけいたのか思ったことがあるか」

そんなことを王に向かって言う者もいた。

「それは家来が勝手にやったことだ。わしは一度もそんな命令を下したことはないぞ」

王は必死で抗弁した。

「嘘だ、嘘だ」

「みっともないぞ」

民からはいっせいに反論と王をののしる声が上がった。

もはや、王の言い分はなにも聞こえなくなっていた。

「死刑執行！」

合図とともに、刃を吊るした綱が外された。

王の首がごろりと転がると、火除け地に集まっていた民から歓声が上がった。

つづいて、マリが台の上にあげられた。

マリを憎む者は、王を憎む者よりはるかに多かった。

「愚かな贅沢にふけった馬鹿女！」

「お前一人がいい思いをしてきやがって！」

いっせいに悪口雑言が乱れ飛んだ。

「ふん。馬鹿みたい」

と、マリは笑った。

「あいつ、笑っているぞ」

民は目を瞠った。

マリは美人だった。着飾ってもいた。台の上から民を見回し、

「あたしは、あんたたちの言うことなど、一言も認めないわ。あんたたちは、しょせん下劣な愚か者よ！」

昂然《こうぜん》とそう言い放った。

マリの首がごろりと転がると、広い火除け地に高価な香水の匂いが漂った。

わが国の幕府は、このできごとが南蛮船などから伝えられると、ひた隠しにした。

だが、人の口に戸は立てられないのだ。

長崎では、カピタンですら知らない話が、清国人から伝わってきた。

しかし、幕府にもこうした動きに理解を示す者もいるらしい。

この騒乱を通して掲げられた三つの言葉。これを訳したのも、幕府の開明的な役人であったという。

愛と自由と平等。

なんと美しい言葉であることか。

こうした訳をつけることができる役人も、幕府にはいるのだ。このような人物なら、民のために戦ってくれるだろう。

遠き仏蘭西国のできごとである。

だが、わが国もこれに倣《なら》って、新しいまつりごとはできないものか。

いや、できるに違いない。

いま、外国の船が次々にわが国へやって来ようとしている。この巴里の騒乱についても、さらに詳しい話が伝えられるだろう。

波の向こうの民と同様に、われらもまた、愛と自由と平等を希求するのだ。

その日は遠くない。


――これは……。

小鈴は読み終えると、しばらく呆然《ぼうぜん》となった。

驚くべき物語だった。一部に覚えがあった。巴里の町が焼けるところ。民が騒乱を起こして駆け回るところ。やはり、幼いときにこの物語を読んでいたのだ。

だが、物語の中身についてはまったく理解していなかった。町人や百姓が騒乱を引き起こし、愛と自由と平等を謳《うた》い、お上の兵士と戦って、国王と奥方の首をはねていた……こんなことが本当にあったのか。

もしも本当にあったことなら、それを伝えることはどれほど大きな仕事なのだろう。そして、お上はなんとしてもこの書物を抹殺しようとするはずである。

――父、戸田吟斎は、なんという物語を書いたのだろう……。

その父が、なぜ、鳥居に協力しているのか。小鈴にはとても信じられなかった。

二

「少し、奇矯なところがある男です」

　と、橋本喬二郎は言った。

「そういう男のほうがいい。こっちもとんでもないことをするんだからな」

　大塩平八郎はそう言って、にやりと笑った。

　二人とも、いつになくきちんとした身なりをしている。このところ、山から降りてきたばかりのような男のなりをしていた橋本も、月代を剃り、新調らしい羽織袴を身につけている。大塩にいたっては、どこか大藩の重臣らしい堂々たる押し出しである。

　本所の先、亀戸《かめいど》の外れである。田畑の中の一軒家で、すぐわきを小川が流れている。

「ご免」

　と、戸を開けた。

火薬の匂いがぷうんとした。

「佐七《さしち》。当藩のご重役をお連れした」

と、橋本が奥にいた男に声をかけた。

「これはこれは。こんなむさ苦しいところに。さ、さ、どうぞ、お上がりくださいまし」

佐七と呼ばれた男は、慌てて座布団を二つ並べた。

「仕事が仕事だけに、火が使えず、寒いですが」

「もちろんだ。そんなことは気にするな」

大塩は、鷹揚な笑みを浮かべて、座布団の上にあぐらをかいた。

「当藩の意向は聞いておるな」

「ええ。だいたいは、橋本さまから。お盆の夜に、お国許で大きな花火大会を催したいということですね？」

「うむ。それをわが城下の名物にしたいとさえ思っているのだ。民もさぞかし喜ぶだろうしな」

「そりゃあ、江戸の花火を見せたら、喜ぶやら驚くやらですよ。うひゃひゃひゃひゃ」

佐七は歯のない口を開けて、嬉しそうに笑った。

「それで、国許から担当の者や、町の者を呼ぶつもりだが、その前にわしもあらましのことは知っておきたい。それで、下屋敷のほうで稽古もしたいのだ」

大塩は言った。

「ご熱心なことで」

「それで……あ、まず、手つけの金子《きんす》を預けておこう。橋本」

「はい。ここに」

橋本が懐から大事そうに小判を取り出した。

「百両、持参した」

「ひゃ、百両。そんなに」

「む。とりあえず、稽古用やら、国許に送る分やらをいただいていくのでな」

「あ、はい。それにしても、百両も。では、今日はここにあるだけをお持ちいただきます」

「うむ。そうしようか。火薬はできているのか？」

「あ、つくってしまうと、持ち歩くときに危ないので、材料を分けてあります。それをお屋敷や、国許で調合していただきませんと」

「分量は？」

「はい。ただいま、お教えします」

佐七はそう言って、材料を並べ始めた。

大塩たちは、これが知りたかったのである。

黒色火薬は、木炭と硫黄《いおう》と硝石を混ぜてつくる。

だが、その割合が難しく、それによって爆発力なども違ってくる。

いちばん詳しいのは花火師である。

もともと花火師というのは、鉄砲鍛冶から生まれたのだ。天下統一がなされ、鉄砲を必要としなくなって、鉄砲鍛冶の多くは仕事を失った。以後、その知識と技術を活かし、花火師になる者と、ふつうの鍛冶屋になる者とに分かれた。

だが、鉄砲鍛冶としての誇りは伝えられて、花火師の中にも、あるいは町の鍛冶屋の中にも、鉄砲をつくることができる者はいるという。しかも、さまざまな改良がなされて、戦国のころよりもはるかにすぐれた鉄砲をつくり出せるらしい。

大坂の反乱のとき、大塩平八郎たちは大砲をぶっ放して回った。

だが、あれは騒ぎばかり大きくしたが、効果ということではさほどでもなかった。次に決行する際には、花火のように狙ったところに打ち込み、そこに火事を起こしたい。大名屋敷の塀の外から、屋敷に向けて撃つ。

それで、一カ所から何十カ所もの屋敷に火事を出すことができる。

ところが、火薬の調合などというのは、花火師にとっても極秘なのだ。教えてくれと言って、おいそれと教えてくれるわけはないし、怪しまれて奉行所に通報されるのがオチだろう。

なんとか盗み出さなくてはならない。

このために、大塩と橋本は、南国にある大藩がお盆におこなう花火大会というものをでっちあげたのだった。

「木炭と硫黄は、硫黄を少し多めに入れます。硝石の量がいちばん多く、その三倍ほど使います」

と、佐七は言った。

「花火を大きくしたいときは、硝石を少し多めに入れてください」

「なるほど」

「これをこんなふうに混ぜ合わせていきます」

佐七はいくつかの手順をやってみせた。水を入れたり、擂《す》りこぎで擂りつぶしたり、予想していなかった工程もある。やはり、教えてもらわないとわからないことが多い。橋本は、それらを持参していた帳面に記した。

「これで何発分くらいあるかな？」

材料を見て、大塩は訊いた。

「打ち上げ分も入れて、三十発ほどはつくれるでしょう」

「なるほど」

江戸の武家地を焼け野原にするのだ。まだ足りそうもない。

「早めにもう少し欲しいな」

「わかりました。用意しますよ」

「金はすぐに届けさせる」

大塩がそう言うと、佐七は嬉しそうにした。

「次に、こうしてつくった花火玉を打ち出す技術も要ります」

「それもやってみせてくれるか？」

「はい。では、外に行きましょう」

佐七に連れられて、川沿いの道を歩くと、すぐに中川の川原に出た。

筒に入れ、打ち出す。

昼間の空に花火が打ち上がる。近くで百姓が農作業をしていたが、ちらりと見ただけでとくにめずらしそうにもしない。花火師が住んでいることは知られているのだろう。

「もっと横に打ち出すことはできぬのか？」

と、大塩は訊いた。

「横ですか？」

佐七は不思議そうにした。

「川面《かわも》ぎりぎりで破裂したりすると面白いのではと思ったのでな」

「わかりました」

それもやってみせてくれた。

一通り、打ち出す方法を聞き、

「では、今晩にでも、品川の下屋敷で試してみるか」

などと、大塩はしらばくれた顔で言った。

三

戸田吟斎は、このところ憂鬱だった。

朝起きると、すぐに重苦しい気分がやって来る。食欲はわかず、なんだか味もあまり感じられない飯を、無理やり喉に流し込むようである。

憂鬱のわけはわかっている。小鈴のことが心配なのだ。

昨夜も幼い小鈴の夢を見た。盲いても、夢の中ではじつにはっきりと、小鈴の姿が見えていた。

丸い大きな目。小さな鼻と口。笑い顔はなんとも愛らしかった。

「チチ」

と、吟斎を呼んだ。おこうが教えた呼び名かと思ったが、そうではないと言っていた。では、どこで覚えたのか。

「チチ」

たどたどしいその声もはっきり聞こえた。

「小鈴……」

声に出して名前を呼んだ。

あれはどこか原っぱのようなところだった。よちよち歩きで近づいて来る小鈴を、吟斎は草の上に腰をかけて眺めていた。

おこうはそのわきに立っていた。

風が吹いていて、空では白い雲がゆっくりと動いていた。

——なぜ、あの暮らしを捨てたのだろう。

それは、この数年、ときどき浮かび上がった疑念だった。つつましやかで、穏やかで、微笑みに満ちた暮らしを。医者として、吟斎は町の人たちの信頼を得ていた。いったい、なんの不満があったというのか。あのまま、あの暮らしをつづけていたら……。

いまは、あのころの心の動きがよくわかった。

——自分で書いた書物に興奮したのだ。

自分が書いたものに影響を受けるなんてことはあり得そうもないが、だが、本当にそういう気持ちだったのだ。

はっきりしない話を集め、つなぎ合わせて書いたものだった。長崎から来たシーボルト塾の仲間から断片を聞き、いったん長崎まで行って、オランダ人や清国人を訪ね歩いた。むしろ、清国人のほうが詳しい話を知っていた。

書き上げると、無性に巴里に行ってみたい気持ちに襲われた。自分が書いたことが本当にあったのか、確かめたかったのだ。

その後、さんざん苦労した末に巴里までたどり着き、この目と耳でじっさいに起きたことを確かめた。

味わったのは落胆の気持ちだった。

たしかに一揆はあった。だが、成功したと言える時期はきわめて短かった。そのあと、仲間割れは始まるわ、王が力を取りもどすわで、ひどい混乱がつづいた。吟斎が見た巴里の町人たちは疲れ果て、むしろ江戸の町人のほうがよほど生き生きしていた。

そうしたこともあって、鳥居の執拗《しつよう》な弁論に説得されてしまったのだった。

——だが、鳥居はこの先もわたしを使っていくつもりなのか。

考えれば、それは不思議なことだった。

自分が書いた『巴里物語』を読んだ者の名はすでに伝えた。鳥居との議論の中で、巴里のじっさいについても語った。

もう、自分は必要ではないはずなのだ。

鳥居はもともと頭が回る男である。矢部駿河守を追い落とした陰謀などは、充分、自分でできることだったのだ。

——わざわざわたしを使う必要もなかったはず。

そして、いまや南町奉行の地位を得て、夢であった勘定奉行の兼任も叶《かな》えられそうである。それでもなお、こうして自分を世話しているのだ。

——もしかしたら、小鈴のところになにかあるのか？

そう考えると、いても立ってもいられないような不安がやって来た。

「小鈴にはなにもさせない」

と、鳥居は言っていた。

だが、どこまで信用できるか、わかったものではない。

しかも、小鈴はおこうの後を継いで、店をやっている。もしかしたら、おこうがしていた逃がし屋のようなことまで始めているのではないか。

とすれば、間違いなく鳥居の餌食《えじき》になる。

——小鈴を助けなければならない……。

それを思うと、いっそう憂鬱になってしまうのだった。


大塩平八郎はますます意気軒昂だった。

この日も亀戸の外れにある花火師の佐七のところに来ていた。

当初、舟を沖に出し、海上で花火の稽古をするつもりだった。ところが、海上だと音は遠くまで届き、逆に怪しまれることがわかった。むしろ、花火師の近くで稽古をするほうが、誰にも疑われないのだ。

この日は橋本のほかにも「藩士」と称して、若い武士を二人連れてきていた。決行のときには、この二人にも江戸の方々で花火を使った火付けをしてもらう。

「花火のことはだいたいわかってくれたな」

「ええ」

橋本とこの二人が三手に分かれ、動きながら火付けをする。風が西から東に強く吹く晩を狙って決行すれば、ほぼ武家地だけを焼くことができるはずである。

「あとは武器だ」

と、大塩は言った。

「ええ。刀ですか？」

若い武士が訊いた。

「いや、刀より槍だ。それと、足軽がつけるようなものでいいから、鎧《よろい》の胴をできるだけ用意しよう」

「わかりました」

「それらを運ぶ荷車は、半次郎さんが用意してくれることになっている」

「そうですか」

「それと旗だ。世直しと書いた旗は、数十本は用意したい」

「あ、旗か」

「大坂のとき、旗をもっと用意しておけばと思ったものさ。世直しの一揆だと一目でわかれば、味方してくれる人はもっと増えたはずだ」

「それは難しくありません」

「武家地で火の手が上がると同時に、深川と神田では、おかげ参りが動き出す。そちらは半次郎さんが操ってくれる」

「江戸中、大騒ぎですね」

まるで祭りの日を待つように、若い武士が楽しそうに言った。

「橋本さん。そろそろ集めた武器などを隠す家を借りたほうがいいな」

「ええ。武具屋を装うのがいちばんいいかなと、いま、思いつきました」

「なるほど」

大塩は面白そうに膝を叩いた。

「資金は潤沢です。つぶれそうな武具屋などがあれば、丸ごと買い取ってしまいましょう」

「それは素晴らしい」

「いよいよ近づいてきましたね」

橋本が言った。

「ああ。わたしは目に見えるようだよ。火の手が上がる中を、江戸の町人たちが世直しを叫びながら駆け回る姿が……」

それはまさに、戸田吟斎の『巴里物語』に描かれた光景だった。

四

「大塩を見かけただと？」

裁きを終えて、お白洲から出てきた遠山金四郎の目が光った。

「はい。大坂に本店がある江戸店の手代が、両国橋ですれ違ったそうです」

と、遠山家の家来が言った。若いが、遠山の腹心とも言える存在になりつつある。

「間違いねえのか？」

「声はかけませんでしたが、後ろから追いかけて、連れの者と話す声を聞いたそうです。間違いないと言っています。ただ、大坂にいたときより元気そうだったのは不思議な感じがしたと」

「ふうむ」

やはり大塩は生きていて、江戸にいるらしい。

南町奉行所の同心たちからも、新奉行に就任した鳥居耀蔵が、大塩平八郎を追っているという話は北の同心に伝わっていた。だが、鳥居という男はいくらか妄想じみた考えを持つことは、これまでの付き合いでも感じている。あまり鵜呑《うの》みにはしないでおこうと思っていたのだ。

しかし、直接、そういう話が入ってくると、それはまた別である。

「鳥居に先んじたいよな」

「鳥居さまに？」

「あいつは、大塩のことで矢部を逆恨みしたりしていたんだ。大塩なんざ、大っ嫌いで、噂があれば、その噂にも縄を打ちたいくらいの気持ちだろうな。そこを横からかっさらうのさ」

「悔しがるでしょうね」

「悔しいなんてもんじゃねえ。すると、あいつはおれにまでいちゃもんを吹っかけてくる。そういう野郎なんだ。そんときこそ、あいつをつぶしてやる。おれは、近ごろ、あの野郎が目ざわりでしょうがねえんだ」

「わかりました。では、大塩の足取りを追います」

若い家来は、さっそく出て行こうとした。

「おい、待ちな。大塩のことだがな」

「はい」

「大坂での騒乱の報告はこっちにも届いているよな」

「あります」

「それを持ってきてくれねえか。人ってえのはさ、懲りずに同じことをやるんだよ。もちろん、大坂の失敗で学び、もうしないこともある。だが、繰り返しもかならずある。そいつを見破ってやる」

若い家来はすぐにその書類を持ってきた。

裁きのときの裃《かみしも》を脱いで、楽な恰好になっていた遠山は茶をすすりながら書類に目を通していく。

恐ろしく速い。町奉行になってから、書類を見るのはどんどん速くなった。そうしないと、とても処理できる量ではない。

「これだ」

と、遠山が言った。

「なにかありましたか？」

「大塩は大坂の町中に大砲をぶっ放して回ったんだ」

「大胆なふるまいですね」

「江戸でもこれをやる。だが、大坂と違って、大砲はそうそう手に入らない。としたら、どうすると思う？」

「鉄砲ですか？」

「鉄砲じゃねえ。もっと大きな音を出すやつさ」

「そんなものがありますか？」

「あるさ。似たようなものだが、江戸では珍しくねえ。花火だよ」

「花火！」

「ああ。江戸の花火師を当たってみてくれ。玉屋だの、鍵屋だのって大手のほかにもあるはずだ。そっちのほうが臭いと思うぜ」


亀戸の外れ――。

鳥居耀蔵の甥である八幡信三郎は、北十間川沿いの道を歩いていた。

このあたりに小さな花火師の家が数軒、点在しているのだ。今日はそこらを一つずつ、調べて回ることにしていた。

信三郎は自分なりに考えてみた。

大塩平八郎が、自分に斬られたあともどうにか生き延びて、ふたたび江戸で騒乱を起こそうとする。そのとき、どんな戦術を取るだろうかと。

大塩はあのとき、家来というか仲間というか、若い武士たちといっしょにいた。その全員を自分が斬って捨てている。

いくら人徳のある大塩でも、それほどいっしょに命を捨ててくれるような仲間は見つからない。ということは、人手はずいぶん足りないはずである。

それでも騒乱を決行するとしたら、いったいなにをやらかすだろう。

いちばん考えられるのは火付けである。真夜中、風の強い晩に、江戸の町々に火を付けてまわる。少人数であっても、たいそうな騒ぎを引き起こすことができる。下手したら、たった一人でだってできるかもしれない。

ただし、捕まらないようにするには工夫がいる。離れたところから火矢でも放つように火を付けて回ればいい。いや、火矢よりいいものがある。花火だ。火薬を使えば、火が燃え広がる力はもっと強くなる。

――おれなら花火を使う。それで高台あたりから、町にめがけ、次々に花火を打ち出してやる。

八幡信三郎はそう考えて、数日前から花火師を当たり始めていた。

「武士で花火をまとめて買いたいってやつはいなかったかって？」

「ああ」

「なんでお侍が花火なんか打ち上げるんだい？」

「さあな。いろんなことを考えるやつがいるだろう」

「あっしのところには来てないね」

そっけなくされても、八幡信三郎は気にしない。淡々と調べをつづけていく。

三人目の花火師のところに来た。

「武士で花火を欲しがる客はいるか？」

「ああ、いるよ。あんたもかい？」

気軽な口を利く男だった。

「わたしは違うんだ。そうか、いるのか？」

「今日も来てるよ。いま、川原で稽古してるところだ」

「稽古ねえ」

顔がほころびそうになるのを堪《こら》えた。

「では、わたしも見物させてもらおう」

そう言って、外に出た。

中川が近い。そっちに足を向けたとき、
どーん。

という音がした。なじみのある花火の音である。野良仕事をしている百姓に驚くようすはない。もう慣れているのだろう。

音のするほうに、頭を低くして近づいた。

——あれだ。

男が四人、いずれも武士であるが、川に向かって花火を打ち出していた。そのうちの一人は身体つきに覚えがある。以前斬りつけた男の気がする。

不思議なのは、花火ならまっすぐ上空に打ち上げるはずなのに、その者たちは横に向けて発射していた。

そのため、火薬の破裂が高い空ではなく、川面に近いところでしていて、輪の一

部は水中に突っ込み、
じゅっ。

という音まで聞こえてきた。

──やっぱりだ。

火事を起こすのが狙いなら、花火は地上で破裂させたほうがいい。人けのない高台に行き、動きながら一発ずつ、いろいろな方角にぶっ放す。この方法を使えばたった一人でも江戸を火の海にできる。

まして四人いるのだ。

しばらく見ていると、花火の稽古が終わったらしい。こっちに向かって引き上げてくる。

──どうしよう？

八幡信三郎は迷った。

ここで声をかけ、逃げるようなら始末するか。あるいは、ひそかにあとをつけ、隠れ家を見つけて、やつらの仲間を一網打尽にするか。

この前のときは、性急すぎたかもしれない。今日は最後まであとをつけてみようと思った。

五

大塩たちは花火師の佐七の家に寄って、借りていた筒を返した。

「やっぱり硝石を多くすると、勢いよく破裂する気がするな」

と、大塩が佐七に言った。

「そうだね。それにしても、研究熱心で感心するよ」

「なあに、それほどでもあるまい」

「お侍たちのあいだで、花火が流行っているなんてことはないよね？」

佐七が訊いた。

「いや、なぜだね？」

大塩が訊き返した。

「いえね、さっきも若い侍が来て、花火のことを訊いたからさ」

「なんて？」

「花火を欲しがっている武士はいないかってさ。あっしは、あんたたちがいるって教えてやったけどね。まずかったかい？」

「いや、まずくなんかないさ」

なに食わぬ顔で、大塩は首を横に振った。

それから、四人は外に出て、中川沿いに歩き出した。

「大塩さまは、けっして振り向かずに」

と、橋本喬二郎が言った。

「うむ」

すれ違った若い娘を見るようなふりをして、橋本は振り返り、

「あ、つけられています。若い武士ですね」

「まさか、以前、新川の隠れ家を襲った男だろうか？　あの男も若かったぞ」

「わかりません。とにかく、もう少し先で舟を拾ってください」

「そなたはどうする？」

「わたしは、あの男を始末してから行きます」

「駄目だ。いっしょに逃げよう」

大塩は強い口調で言った。

「いや、また追われます。しかも、花火のことを知られました。あの男だけは始末しなければなりません」

「あいつは若いが、恐ろしく腕が立つぞ」

「気をつけます」

「いや、やはり駄目だ」

口論のようになったときだった。

「待て、おい！」

後ろで誰かが呼ぶ声がした。


「なんだ？」

八幡信三郎は、呼び止められて立ち止まった。

「そなたは、向こうの花火師の佐七の家で、花火を買おうという武士のことを訊いたであろう」

「それがどうした？」

「何者だ?」

男が近づいてくるのを待って、八幡信三郎はいきなり刀を抜いた。

横に払う。

「うおっ」

近づいてきた男は、ぎりぎりのところで踏みとどまり、のけぞるようにしてこの刃を避《よ》けた。

八幡は払った刀の勢いもそのまま、もう一歩踏み込んで、今度は袈裟《けさ》がけに振り下ろす。

「とあっ」

相手は身体を横に倒して避けた。

見事である。予想しなかった斬り込みをここまでかわせる男はそうはいない。

しかも、避けた体勢を崩さず、横に駆けた。

川原の土手を走り下りる。

「待て」

八幡は追った。

足元が悪い。出っぱりにつまずいて転んだ。

「うぉおお」

転がりながら叫んだ。自分の刀で腹を刺したりしないよう、手は伸ばしている。

ごろごろ転がって、ようやく止まった。

頭がふらふらするが、それでも勢いよく立ち上がった。

「てやぁあ」

相手はすでに刀を抜き放ち、斬りつけてきた。

「うわっ」

めまいを覚えながら受けた。

がきっ。

と、手ごたえがあり、火花が飛んだ。

押し合いになる。

上背は相手のほうがある。押しつけてくる。持ち上げるように押し返し、腰を払うようにした。並の相手なら、これで宙を舞う。だが、すばやく下がって、八幡の投げを避けた。

今度は八幡が駆けた。

川に向かって駆ける。草原から砂地に出た。足の感触が違う。相手も追って来る。八幡の足が速く、川岸の手前に来たとき、四、五間ほどの差がついた。それが余裕になった。

こっちから逆に、もどるように駆けた。

砂地の上。相手の足の感触も変わっただろう。

「とぁっ」

すれ違うように斬った。

向こうも剣を出す。

きーん。

と、音がして、刃が飛んだ。

折れたのは、相手の刀だった。

——しめた。

もう一度、振りかぶり、斬り下ろした。

相手はすばやく小刀を抜こうとしたが間に合わない。

首から胸へとざっくり斬り下ろした。凄《すさ》まじい血が噴出した。

「ぐわぁあ」

恐ろしい形相でなにか言いながら倒れ込んだ。

なにを言おうとしたのか。

大塩たちの仲間であることには間違いないだろう。

振り向いて大塩たちの行方を見た。もう姿は影もかたちもない。

「くそっ」

憎々しげにいま斬り殺した男の遺骸を見た。

――ん？

思わぬものが目に入った。

男が抜きかけていたのは、小刀ではなかった。銀色をした鉤《かぎ》のついた棒――十手《じって》だった。

――嘘だろう？

十手を持っているということは、町奉行所の人間に違いない。

「しまった」

てっきり、大塩の仲間が後ろから攻撃してきたのかと思ってしまった。

――なんてことだ。

八幡は愕然として、周囲を見回した。

中川の上流である。ほとんど人けもない。

八幡信三郎は、川風に吹かれながら立ちつくした。

六

前の晩、常連たちが勢ぞろいして、店は遅くまでにぎわった。そんな次の日はたいがい暇なのである。

案の定、客足はまるで遅く、小鈴も日之助も、そして星川までも暇を持て余していたとき、戸が静かに開いた。

「小鈴さん」

「林さん……」

林洋三郎が〈小鈴〉を訪ねて来た。この前、来てからまだひと月ほどしか経っていないのではないか。

「どうしたい、そんなびっくりした顔をして？」

「いえ。昨夜、忙しくてぼんやりしちゃったんです」

小鈴は慌てて酒の支度をした。

もし、林が来たら、なにも知らないふりをして相手をする。そう示し合わせていたのである。だが、やっぱり動揺している。どこかで、林はもう来ないだろうと思っていたのだ。町奉行になってまで、わざわざこんな遠くまで出て来るはずがないと。

「お忙しいんじゃないですか？」

「忙しい。だが、忙しいと、ここに来たくなるんだ。おこうさんがいるときもそうだったよ」

林はしみじみとした口調で言った。

この言葉が嘘なのだろうか。これが嘘なら、人が語るあらゆる言葉を疑わなければならない。もしかしたら、鳥居の中に、林という別の人間がいて、その林はほんとうにこの店を好いているのではないか。

「肴はどうします?」

「そうだな。鍋をもらおうか。ほら、あの、田舎鍋と言ったかな」

「わかりました」

小鈴は日之助を見た。

日之助は調理場のほうの小窓から外の通りを見ていた。鋭い目をしていた。誰か供の者がいるか確かめたに違いない。

日之助の指がさりげなく四を示していた。お供が四人。その数を星川に報せたのではないか。

「日之さん。田舎鍋」

と、小鈴は言った。

「はいよ」

威勢のいい返事だった。

星川が戸口の前に立った。刀に手はかけていない。

そのとき、戸が開いた。

武士が二人入って来た。

「いらっしゃいませ」

「ああ、酒を頼む」

二人の武士は、林が座った縁台よりもっと壁際に置いた縁台に腰かけた。星川が難しい顔をした。たぶん、奉行所の者で、林、いや鳥居耀蔵を守るため、その場所に座ったのだろう。

星川の表情がひどく硬い。鍔《つば》と鞘《さや》を結んだこよりを、さりげなく唾《つば》で濡《ぬ》らして切ったのが見えた。いつでも抜けるのだ。

日之助は小鈴から少し離れ、そっと包丁を二本、わきに置いた。

源蔵はまだ来ていない。

小鈴は気づいた。

——星川さんは、林さんを斬ろうとしているのだ。日之さんもそれを助けようとしている。そんなことで話ができているのだ……。

小鈴は胸がドキドキしてきた。

——無理でしょ。

それでも、やるのか。たぶん、星川さんは鳥居耀蔵と刺し違えて、自分一人が死のうとしている。

「嘘つき！」

と、小鈴は大きな声で言った。

星川と日之助が唖然として小鈴を見た。

「嘘つき？」

林が目を見開いた。

「林さまというのは、嘘の名ですよね」

「なにを言うんだ」

「とぼけないでください。本当は、南町奉行、鳥居甲斐守さま」

小鈴がそう言うと、後ろの二人が立ち上がり、一人は林のわきに立った。もう一人は戸を開け、外に顔を出して、なにか言った。

すぐに、あと二人の男たちが入ってきた。

四人の屈強な男たちが、林を守るように立った。

星川が手を出す隙はない。

「ほほう」

林が小鈴に微笑んだ。

「鳥居さまでしょ。ずっと嘘をついてここに来られていたのですね」

「嘘ではない。わたしはもともと林という名で、鳥居の家には養子に入ったのだ」

「でも、いまは」

「たしかにな。偽ったことは認める」

「ずっとこの店を見張ってきたのですね」

「…………」

「母が深川でやっていたときから」

「…………」

「こんなところまで追いかけてきて……母を焼死させたのも、鳥居さまの命じたことなのでしょう」

小鈴がそう言うと、星川が刀に手をかけた。

だが、ほかの二人が星川の前に立ちはだかるようにした。

「それは違う、小鈴さん」

「小鈴さんなどという言い方はやめてください。お奉行さまらしく、呼び捨てにしてくださってかまいません」

「小鈴さん、それは違う。わたしは、部下におこうさんが隠し持っていると思われた戸田吟斎の書いた『巴里物語』を奪うよう命じた。だが、決しておこうさんに危害を加えることはするなと命じてあった」

「でも、母は」

「わたしはそのしくじりをした者どもを始末した。それは懲罰だったのだ」

あの火事のあと、近くで斬られた遺体が出たという話も聞いていた。

「父を帰してください！」

小鈴は叫ぶように言った。

「え」

林の目がもう一度、見開かれた。

「知っています。父が囚《とら》われの身であることも」

「それは誤解だ。戸田吟斎は自らの意志でわたしのもとにいるのだ」

「そんな馬鹿な」

「嘘ではない。屋敷でも、いまは奉行所でも、好き勝手に出入りしている。ただし、盲いているので、なかなか自由に歩きまわるのは難しいがな」

「………」

やはり、本当なのだ。

小鈴は崩れそうになるのを、足を踏ん張って耐えた。

「わたしが町奉行の座に就くため、いろいろとはかりごとをしてくれたのも吟斎だし、いまもまつりごとの助言をしてくれている」

「父が鳥居さまの手伝いを。そんなこと、あるわけないでしょう。父は、愛と自由と平等のために働いてきた人です。それをなによりも大切なものとして」

母やあたしを棄《す》ててまでも。

と、その言葉は飲み込んだ。

「吟斎は捨てたのだ。愛と自由と平等を。その愚かしさに気づいたのだ。巴里まで行き、あの動乱のあとの町や民のようすを見てわかったのだよ」

「嘘つき」

もう一度、言った。

「嘘じゃない」

少し沈黙があった。

林がゆっくりした口調にもどって言った。

「それより、小鈴さんはなぜ、わたしが鳥居であり、吟斎がわたしのもとにいることを知ったのかな？」

「それは……たまたま、うちのお客さんでお裁きに出た人が、お奉行になっていた林さまを見たからですよ」

「なるほど。わたしのことはわかった。だが、吟斎のことは？」

「その人が、奉行所の前で見たのです」

「それは違うな」

と、林は鼠を見つけた猫のように笑った。

「なにがですか？」

「吟斎は、奉行所に移ってからはほとんど外出していない。まれに出ることがあっても、私邸の裏口から出入りするはずだ」

「そっちを見たのです」

「小鈴さんだって、嘘をつくじゃないか」

「え？」

小鈴は動揺した。もちろん、あたしだって嘘をつく。嘘をつかないなどと言う人は、そもそも自分を誤解しているのだ……。

「十日ほど前、奉行所の裏手の私邸のほうに、曲者が入ったそうだ。そいつは、紅い紐を使って、隣の屋敷からわたしの私邸のほうへ侵入した。紅い紐を使う盗人《ぬすっと》が、数年前に江戸を騒がしたそうだ。奉行所の与力や同心たちもやっきになって追いかけたやつで、紅蜘蛛《べにぐも》小僧などという綽名《あだな》もあったそうだ」

「紅蜘蛛小僧……」

意外な名前まで飛び出した。

「もしかしたら、ここと関わりのある者ではないのか？」

林はじろりと日之助を見た。

「いったい、なにをおっしゃるのですか」

小鈴は愕然とした。なにを考えていいかもわからなくなりそうだ。なぜ、日之助を見た？　日之さんが紅蜘蛛小僧？　そんな馬鹿なこと、あるわけがない。

「殿。しょっぴきますか？」

と、一人が言うと、もう一人は星川を牽制《けんせい》しながら、調理場に入ろうとした。

日之助が、日照りのときの農夫のように上を仰ぎ、絶望したような顔で硬直している。こんな日之助を小鈴は見たことがない。

「待て、待て。早まらなくてよい」

林が止めた。

「ここは、おこうさんの店だ」

林は小鈴の顔を見ながら言った。

「だから、なんですか？」

「おこうさんが嫌がることはしたくない」

「…………」

この人も、母が好きだったというのか。星川さんや源蔵さんや日之さんと、同じ思いだったとでもいうのか。それは、男たちの一途な思いへの冒瀆《ぼうとく》。そんなことは言わせない。

「母は、あなたのような人は、大っ嫌いだったと思います」

と、小鈴は言った。

「ああ、そうだろうな」

林の顔が悲しげに歪んだ。なにか思い当たることでもあったのだろうか。

小鈴は自分がひどいことを言ったような気がした。それは、不思議な気持ちだった。なぜもっと怒らないのか。

だが、いまは林を、いや鳥居甲斐守を許すわけにはいかなかった。

「もう二度と、この店に入らないでください」

小鈴は林を睨みつけ、箸でも折るようなきつい調子で言った。


（9巻へつづく）

この作品は書き下ろしです。

嘘《うそ》つき

女《おんな》だてら　麻布《あざぶ》わけあり酒場《さかば》8

風野真知雄《かぜのまちお》

平成24年12月10日　初版発行

発行人――石原正康
編集人――永島賞二
発行所――株式会社幻冬舎
〒151-0051東京都渋谷区千駄ヶ谷4-9-7
電話　03(5411)6222(営業)
　　　03(5411)6211(編集)
　　　振替00120-8-767643
印刷・製本―図書印刷株式会社
装丁者――高橋雅之

幻冬舎時代小説文庫

ISBN978-4-344-41952-0　C0193　か-25-11

幻冬舎ホームページアドレス　http://www.gentosha.co.jp/
この本に関するご意見・ご感想をメールでお寄せいただく場合は、
comment@gentosha.co.jpまで。